Ｖます 心地 いい
すわり・・ ここち 悪い　　　座起未復合予服

"来てください"と園いう風に？ 手を振ります
　　　　　と　様に

大男人玉文 ＝ 男鼻女軍
　　　　　　　ぢんそんじぼひ

懶情 ＝ まいまん(ね)＝ もらしない
　　　　急懐

Japanese for International College / Graduate Students

論文読解 學日語

ろんぶん どっかい

大学・大学院
留学生の日本語
論文読解編

アカデミック・ジャパニーズ研究会 編著

安全でおいしい水を飲むために

がん告知

ビデオカメラの人間工学

異文化適応

フリーター

いじめ

Reading Essays

美化の中のテレビ

衝動買いを誘導する

「まじめ」という言葉

論文B
企業内研修にみる文化摩擦

論文A
降水に含まれる無機成分の化学的特徴

大新書局　印行

はじめに

　『大学・大学院留学生の日本語』は、日本語の高等教育機関の専門分野の勉強をしようとする留学生などのために作成されたシリーズ教材です。これから日本の大学に入る人、高専や大学で学んでいる留学生、大学院入学をめざす研究生、大学院で研究している留学生や外国人研究者など、学術的な専門分野で勉学・研究をしようとするすべての日本語学習者が対象です。また、このシリーズ教材は、各専門分野にほぼ共通する専門日本語の土台の部分を扱っていますので、文科系、理科系を問わず、どの分野の学習者にも役にたつ内容となっています。日本語の学習段階でいえば、読解編と作文編は中級、論文読解編と論文作成編は中級後半から上級に対応しています。

　このシリーズ教材の最大の特徴は、専門分野での勉学・研究に不可欠な論理的思考による理解・表現能力の養成をめざしている点です。日本語の文法の積み上げ学習をし、たくさんの言葉を覚えても、論理的な文章の読み書きのしかたがわからないために、大学・大学院での勉学や研究に困難を感じている学習者が少なくありません。そこで、論理的な文章がどのようなものかということが練習を重ねていくうちに自然にわかり、最後には論理的文章を読み書きする力が確実につくような教材として、このシリーズ教材を作りました。

　読解教材では、素材となる文章の論理的構造に着目した読みのスキルの習得をめざしています。読解編では報告文や論説文を読む力をつけ、論文読解編では学術論文を読むための基礎的な読解力を養います。一方、作文教材では、論文等の構成や展開パターンに即した練習を積みかさねることによって、学術的文章の作成技術の獲得をめざします。作文編では研究計画書の書き方を、論文作成編ではレポート、研究発表要旨、学術論文の基本的な書き方を学びます。

　シリーズ中の各テキストは、一冊だけで学習することもできますが、併用すれば、より大きな学習効果が得られます。たとえば、読解編と作文編の各課の学習項目は、二冊を同時進行で使えばいっそう効果があがるように作られています。論文読解編と論文作成編の関係も同様です。また、読解編や作文編を終えた人は、論文読解編や論文作成編に進めば、より高次の読解力、作文力を身につけることができるでしょう。

　このシリーズ教材は、東北地方の六大学の日本語教育関係者が、グループ内の執筆担当者が作った教材をくりかえし試用・補訂するかたちで、共同で作成したものです。数年にわたる教材作成の過程で、東京工業大学の仁科喜久子先生をはじめ、多くの方々に貴重なご助言とあたたかい励ましをいただきました。各専門分野の先生方や留学生にも、教材作成の素材や参考資料となる研究文献を快く提供していただきました。また、今回出版のはこびとなったのは、ひとえに株式会社アルク日本語出版編集部のご理解とご支援のたまものです。協力者の方々に心から感謝の意を表します。

2002年1月　　　　　　　　　　　　　　　　　アカデミック・ジャパニーズ研究会

本書をお使いになる方へ

1. 本書の目的

・本教材は、レポートや学術論文などの論説文を読むのに必要な文法知識、構造に関する知識などを学びながら、各自の専門分野の論文を独力で読んでいくための基礎的読解力をつけることを目的としています。

2. 本書の特徴

・本書は第Ⅰ部基本編と第Ⅱ部実践編に分かれています。第Ⅰ部では、論文を読むための基礎となる文章の構成に関する知識や文法知識を学習しながら、大意を把握したり、必要な情報を読み取ったりする練習をします。説明文からはじまり、徐々に筆者の分析、考察、意見・主張等を含んだ論説的なものへ進んでいきます。第Ⅱ部では、実際に書かれた論文を使い、専門の論文読解を意識した、より実践的な練習を行います。10課から13課までは、数値データを用いた調査・実験型の論文と、論を中心にまとめられた論文をとりあげました。序論、本論、結論のそれぞれにおいて、構成、論の展開のしかた、よく使われる表現などを学びます。また、最後の14課は、序論から結論までを通して読む総まとめの課として設けてあります。

・学習者にとって理解が困難と思われる語句には、英訳、中国語訳、韓国語訳をつけました。

・文には文の番号、段落にはローマ数字がつけてあります。これは、「構造」のところで中心文や、段落を示しやすくするためです。語句の意味も文番号で示してあります。

・漢字のふりがなについては、初級から中級初めの漢字500字程度を習得した学習者を想定し、読みが困難と思われるものにふりがなをつけました。同一語句は、各ページの初出にのみつけました。

3. 各課の構成と内容

・課の構成と内容は次のとおりです。一つの課の中での、進める順序は、必ずしもこのとおりでなくてもかまいません。なお、各課の具体的な内容は目次をご覧ください。

第Ⅰ部（1～9課）

読む前に
本文
構造
内容理解
読むための文法
言葉の練習

第Ⅱ部（10～14課）

読む前に
論文A　本文　内容理解
論文B　本文　内容理解
構造
言葉の練習

ただし、14課は総合練習として、1つの論文を読む。課は「読む前に」「本文」「内容理解」からなる。

読む前に

その課で読む内容について、各自が既に持っている知識をよびおこしたり、自分なりの内容予測を行うことを目的としています。教師にとっては、学習者の関心度、基礎知識の有無などを確認することにも役立ちます。

本　文

第Ⅰ部の本文の字数は約1,200～1,500字です。一語一語に注目して読んでいくのではなく、本文の初めに示された目的にそって、ある程度の量をスピードを持って読みます。わからない言葉があるときには、【語句】の英語、中国語、韓国語の訳をご覧ください。

なお、第Ⅱ部は、論文を序論、本論、結論に分けて読んでいくので、その課により、読む分量は異なりますが、読み方、語句などに関する注意点は第Ⅰ部と同じです。

構　造

論理的な文章がどのような構成要素からなり、また、どのように組み立てられているかを学びます。段落内の構造から始まり、論説文に必要な構成要素、論の展開の仕方を扱います。これにより、文章の骨組みや書き手が意図することを押さえることができます。

内容理解

文章の大意が把握できているか、必要な情報が取り出せ、理解できているかどうかを正誤問題、穴埋め問題、図式化などを通して確認していきます。

第Ⅰ部で読解上、役にたつと思われる文法を学びます。文法の知識を読解に活用することで、文章内容の予測や、文章の正確な読み取りの力を身に付けることを目指します。

レポート、論文等に頻出する言葉の定着を図ります。また、未習語句がでてきたときに、辞書を使わずに、さまざまな要素を手がかりに解いていく対処法も学びます。

4. 本書の用い方

・1コマ90分で1課を終えることを基本に各課を作成しましたが、使う方々の状況に応じて、学習済みの部分を省略する、あるいは、練習問題を増やすなどして使用してください。

・また、第Ⅱ部は、論文の構成上、1課分の分量が一定ではないので、1コマ以上を要する場合があります。また、第Ⅱ部は、2つのタイプの論文を論文構成に従い、同時に進めていく方式になっています。両方のタイプに触れていただきたいと思いますが、学習者の専門の論文のタイプに合わせ、どちらか一方のみを使用することも可能です。

・各課における注意点、作成意図につきましては、別冊子の解説をご覧ください。

執筆担当　仁科浩美

目　次

第Ⅰ部　基本編

第Ⅱ部　実践編

記号の見方

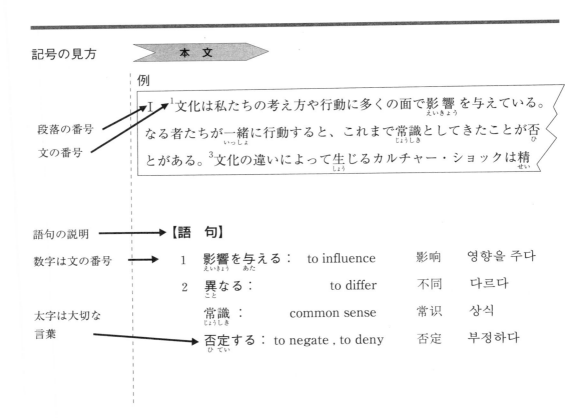

第Ⅰ部　基本編

さまざまな話題に関する文章読解を通して、論説文を
読むのに必要な基本的知識・技術を学びます。

第１課　　　異文化適応
い ぶん か てきおう

> 読む前に

1. 日本に来てから、文化の違いに驚いたり、困ったりしたことがありますか。

2. カルチャーショックという言葉を聞いたことがありますか。
ことば

　　文化　衝撃

3. あなたの国と日本とを比べると、日本のいいところ、悪いところはどんなところでしょうか。

　　ちづしゅうがある　有秩序

10

尊重されません

▶ 本 文

　文化が異なる国で生活していくとき、人はその文化に、どのように適応していくのだろうか。

Ⅰ　¹文化は私たちの考え方や行動に多くの面で影響を与えている。²そのため、文化の異なる者たちが一緒に行動すると、これまで常識としてきたことが否定されてしまうことがある。³文化の違いによって生じるカルチャーショックは、精神的にかなりの苦痛を感じさせることもある。

Ⅱ　⁴しかし、その反面、新しい物の見方、考え方などを身につけるきっかけになるとも言われている。⁵それを紹介したのはアドラー（Adler,P.S.）という学者である。⁶アドラーによると、カルチャーショックを経験するということは、その国の文化を理解しようとしている証拠であるという。

Ⅲ　⁷最近では、カルチャーショックは避けるものではなく、乗り越え、自分を大きく成長させるものとしてとらえられている。⁸その成長過程をアドラーは「異文化への移行体験（transitional experience）」と呼んでいる。⁹成長過程を5つの段階に分けたものをここで紹介する。

異文化への移行体験

・第1段階—異文化接触 （Contact）

　¹⁰多くの人は多大な期待や希望を持って外国を訪れるため、初めの段階は見たり、聞いたりするものに対して、興奮や幸福感が非常に強い。¹¹結婚生活におけるハネムーンの時期と同じである。¹²食べ物や音楽などの表面的な文化の違いは珍しいものとして認識されるが、深い文化の違いはあまり認識されない。¹³逆に共通点ばかりが目につく。

・第2段階—自己崩壊 （Disintegration）

　¹⁴この段階では現地の人の行動、価値観や考え方の違いが目につき始め、共通点が見えなくなる。¹⁵以前まで常識だと思っていたことが通じなくなり、自分に自信がなくなる。¹⁶さらに、現地の人の行動が理解できなくなり、混乱が生じる。

・第3段階—自己再統合 （Reintegration）

11

¹⁷この段階では混乱や無気力感が怒りに変わり、その国のすべてを受け入れなくなる。

¹⁸これは異文化適応から一歩後退したように思われるが、アドラーはその国との文化の差に気づくとともに、もう一度自分の直感に基づいて行動できるようになる点で一歩前進だと言っている。¹⁹この時点で、第1段階のように表面的なつきあいにもどるか、あるいは文化の差を受け入れ、新しい現実へ進んでいくか、決めることになる。

・**第4段階—自律**（Autonomy）

²⁰この段階では共通点も相違点もありのままに受け入れることができるようになる。

²¹以前と違い、自分の文化から物事を見る必要性を感じなくなり、現地の文化をそのままに受け入れ、「人に頼らなくてもやっていけるようになった」という満足感が持てる。

・**第5段階—独立**（Independence）

²²最後の段階では自分の行動がどのように文化に影響されているかを把握できるようになる。²³状況に応じてどちらの文化に合った行動をとるかを選択したり、または、まったく新たな行動をとることもできるようになる。²⁴さらに、文化による共通点も相違点もプラスの面でとらえられるようになる。

Ⅳ　²⁵カルチャーショックの度合いは人によって異なるものである。²⁶しかし、カルチャーショックはだれもが体験する一時的なものであり、異文化に適応していく上で経験する成長過程なのである。

（磯貝友子ほか『異文化トレーニング』　三修社より）

〜〜〜〜〜〜〜〜〜〜〜〜〜〜〜〜〜〜〜〜〜〜〜〜〜〜〜〜〜

【語　句】(数字は文の番号を表す。また、**太字**は論文や専門書でよく用いられる言葉を示す。)

1	影響を与える	to influence	影響
2	異なる	to differ	不同
	常識	common sense	常識
	否定する	to negate, to deny	否定
3	生じる	to happen, to take place	產生
	カルチャーショック	culture shock	文化衝擊
	苦痛	pain, agony	痛苦
4	きっかけ	a start, a chance	機會
6	証拠	proof, evidence	證據

7	避ける _さ	to avoid	避開
	とらえる	to think of as	認為
8	成長過程 _{せいちょうかてい}	course of growth	成長過程
10	多大な _{ただい}	great	很大的
	期待 _{きたい}	expectation	期待
	希望 _{きぼう}	hope	希望
	訪れる _{おとず}	to visit	訪問
	興奮 _{こうふん}	excitement	興奮
	幸福感 _{こうふくかん}	feeling of happiness	幸福感
11	ハネムーン	honeymoon	蜜月
12	認識する _{にんしき}	to recognize	認知
13	逆に _{ぎゃく}	reversely	反而
	共通点 _{きょうつうてん}	common points	共同點
14	現地 _{げんち}	the region	當地
16	混乱 _{こんらん}	confusion	混亂
17	無気力感 _{むきりょくかん}	spiritless feeling	無力感
	怒り _{いか}	anger	憤怒
18	後退する _{こうたい}	to retreat	後退
19	つきあい	association	交往
20	相違点 _{そういてん}	a point of difference	不同點
21	頼る _{たよ}	to rely on	依靠
22	把握する _{はあく}	to grasp	掌握
23	状況 _{じょうきょう}	conditions	情況
	選択する _{せんたく}	to choose	選擇
24	プラス	plus	有益處
25	度合い _{どあ}	a degree	程度
26	一時的な _{いちじてき}	momentary	暫時

構　造

◆　段落内の構造
　　　　だんらくない　こうぞう

一般に、１つの段落は
いっぱん

　　　中心文・・・その段落の話題や、主題を示す文
　　　　　　　　　　　　　　　　　しめ

　　　支持文・・・中心文をわかりやすくするために、具体的な例や説明を加える文
　　　し　じ　ぶん　　　　　　　　　　　　　　　　　　　　　　　　　　　くわ

　　　まとめ文・・全体をまとめる働きをする文

から構成されている。しかし、例外も多く、物事の経過などを並べる場合には、特定の中
こうせい　　　　　　　　　　　　　　　　ものごと　けい か　　　なら

心文がないこともある。

　なお、中心文は段落の初め、中、終わりなどいろいろな位置に見られるが、段落の初め

に置かれることが一番多い。

・中心文を見つけることは、文章（読み物）全体の流れをつかむのに非常に役に立つ。

「異文化適応」の中心文は、次のようになる。
　い ぶん か てきおう

──────────────────────────────────────

Ⅰ　[3]文化の違いによって生じるカルチャーショックは、精神的にかなりの苦痛を感じ
　　　　　　　　　　　　　　　　　　　　　　　せいしんてき

　　させることもある。

Ⅱ　[4]しかし、その反面、新しい物の見方、考え方などを身につけるきっかけになると

　　も言われている。

Ⅲ　[7]最近では、カルチャーショックは避けるものではなく、乗り越え、自分を大きく
　　　　　　　　　　　　　　　　　　さ　　　　　　　の　こ

　　成長させるものとしてとらえられている。

　　　　　　　異文化への移行体験

　　　　　　　第１段階（a.　　　）

　　　　　　　第２段階（b.　　　）

　　　　　　　第３段階（c.　　　）

　　　　　　　第４段階（d.　　　）

　　　　　　　第５段階（e.　　　）

Ⅳ　²⁶カルチャー・ショックはだれもが体験する一時的なものであり、異文化に適応

していく上で経験する成長過程なのである。

【問い】異文化への移行体験について、5つの段階それぞれの、中心文の番号を（　）に書き

なさい。

内容理解

本文を読み、次の問いに答えなさい。

1.　日本へ留学したAさんの第1段階から第5段階までの言葉をa〜eに示した。a〜eは

それぞれどの段階の言葉だろうか。

（　　　）a.「どうなっているんだ。日本人の考えていることはどうも私にはわからな

　　　　　い」

（　　　）b.「日本人はもう嫌だ。みんな表面的でなかなか本当の気持ちを言わない。

　　　　　誰を信じていいかわからない。こんな国へ来ないほうがよかった」

（　　　）c.「日本はすばらしい国だ。日本人は親切だし、街もきれいだし、とてもい

　　　　　いところだ」

（　　　）d.「仕事も家庭生活もうまくいっている。どちらの文化のやりかたで行動す

　　　　　るか、状況に合わせて選べるようになった。周りに何でも話せる友だちが

　　　　　いるのはすばらしい」

（　　　）e.「だいぶ慣れてきた。今でも日本人の行動にはとまどうことがあるが、落

　　　　　ち着いて考えればだいたい分かるようになってきた」

2.　異文化への移行体験について、5つの段階と満足度との関係を図に表しなさい。

3. アドラーが示した5つの段階のうち、あなたは今、どの段階にいるのだろうか。

読むための文法

◆ **書きことばの特徴**

論文や専門書などで使われる書きことばには次のような特徴がある。

1.「だ・である」体の使用

例　(1)　学者です。　　　→学者だ／学者である。

　　(2)　高いです。　　　→高い。

　　(3)　同じです。　　　→同じだ。／同じである。

　　(4)　します。　　　　→する。

　　(5)　何でしょう。　　→何だろう。／何であろう。

　　(6)　同じなのです。　→同じなのだ。／同じなのである。

2.　助詞相当語の使用

例　(1)　会議は東京で開かれる。→会議は東京において開催される。

　　(2)　この事故での死者は5人だった。→今回の事故による死者は5人だった。

　　(3)　このレポートは昨年のアンケート調査にもとづいて書かれている。

3.　連用中止形の使用

例　(1)　大学院へ進んで、研究を続けたい。

　　　　→大学院へ進み、研究を続けたい。

　　(2)　この問題については多くの学者が研究していて、実験結果が報告されている。

　　　　→この問題については多くの学者が研究しており、実験結果が報告されている。

　　(3)　一日中何もしないで、失敗の原因を考えた。

　　　　→一日中何もせずに、失敗の原因を考えた。

4.　漢語の多用

例　(1)　見つける→発見する　　　　(2)　作る→作成する、製造する

　　(3)　はっきりと→明確に　　　　(4)　だんだん→次第に、徐々に

（5）　いろいろな問題→諸問題
しょ

（6）　使い方→使用法

5.　縮約形の不使用
しゅくやくけい

例　（1）　大学生<u>じゃ</u>ない。→　大学生<u>では</u>ない。

（2）　早くレポートを出さ<u>なきゃ</u>。→　早くレポートを出さ<u>なければならない</u>。

（3）　この本は外国でも読ま<u>れてる</u>。→　この本は外国でも読ま<u>れている</u>。

6.　その他

例　（1）　漢字は読める<u>けれど</u>、書けない。

→　漢字は読める<u>が</u>、書けない。

（2）　漢字は読める。<u>でも</u>、書けない。

→　漢字は読める。<u>だが</u>／<u>しかし</u>、書けない。

（3）　専門の本<u>とか</u>論文を読んだ。

→　専門の本<u>や</u>論文（など）を読んだ。

言葉の練習

1.　下線の言葉を例のように言い換えなさい。
こと ば　　　　　　　か

例　<u>非常に</u>強い　→　　とても強い

（1）　方法を<u>選択する</u>　→
せんたく

（2）　一歩<u>後退する</u>　→
こうたい

（3）　<u>苦痛</u>を感じる　→

（4）　<u>相違点</u>　→
そう い てん

2.　下線に続く言葉を《　》から探しなさい。必要があれば、適当な形に直すこと。
さが

《　とらえる　・　とる　・　生じる　・　与える　》
しょう　　　　あた

（1）　相手の行動が理解できなくなり、<u>混乱が</u>（　　　　　　　）。
こんらん

（2）　カルチャーショックは、乗り越えて自分を大きくするもの<u>として</u>（　　　　　　　）ている。
こ

（3）　文化は私たちの行動や考え方に多くの面で<u>影響を</u>（　　　　　　　）。
えいきょう

(4)　新しい文化の中で人間はどんな<u>行動を</u>（　　　　　　　　　　）か、調べた。

3.　文の流れを考え、□□□□に入ると思う言葉をa～cから選びなさい。答えは１つ
とは限らない。

(1)　初めて外国を訪れたとき、食べ物や音楽などの表面的な文化の違いは認識される
が、深い文化の違いについては□□□□□□。

〈　a. ほとんど気づいていない　　b. よくつかんでいる　　c. よくわかっていない　〉

(2)　カルチャーショックはかなりの苦痛を感じさせるが、その反面では、新しいもの
の考え方を知る□□□□□□である。

〈　a. 困難な問題　　　b. 大切な習慣　　　c. 良い機会　〉

第2課　　いじめ 欺侮、欺負

1.　あなたの国では、どんな教育問題がありますか。

2.　上の絵のような場面を見たことがありますか。

3.　もし、あなたが絵のような場面を見たら、どうしますか。

19

　今、日本の学校では、「いじめ」が大きな問題になっている。「いじめ」とは自分より弱いものに対して一方的に、身体的・心理的な攻撃を加え、相手に深刻な苦痛を感じさせることをいう。一時期に比べると、その数は減ってきているが、平成11年には約３万1000件もの数が文部科学省により報告されており、大きな問題であることに変わりはない。この「いじめ」にはどんな特徴があるのだろうか。

Ⅰ　¹いじめは今日のように社会問題化する以前からあった。²そのころのいじめといえば、「弱いものいじめ」の意味であった。³ただ、この場合には、強い者が弱い者をいじめるのは恥ずかしいことだという考えが、子どもたちにもはっきりとあった。⁴そして、いじめをやめさせようとする子どもがいた。

Ⅱ　⁵しかし、今日の「いじめ」は、以前のものとはかなり異なっている。⁶現代の「いじめ」を一言で説明するのは難しいが、その特徴について考えてみたい。

Ⅲ　⁷昨今は、「動作が鈍い」、「性格が暗い」といった子どもばかりではなく、「まじめである」、「活発で良い意味で目立つ」といった子どもまでがいじめの対象となっている。⁸良い意味でも悪い意味でも、なんらかの特徴を持ち、集団の中でほかと異なるものを持った子ども達が対象となっているのである。⁹このことは、小さなきっかけでいじめが始まり、すべての子どもがいじめの対象となる可能性があることを示している。

Ⅳ　¹⁰いじめが行われる際には、複数の子どもが集団的に一人の子どもをいじめるといったパターンが多く、一方的なものになっている。¹¹いじめる側は、多数の中の一人であることから、いじめた中心人物が明確でないことが多い。¹²そのため、自分は良くないことをしているのだという罪の意識を感じていない場合が多く見られる。

Ⅴ　¹³いじめの場所にはいじめを行う者といじめを受ける者のほかに、いじめに直接は参加しない「観衆」と「傍観者」の存在があると言われている。¹⁴「観衆」とは、いじめを面白がったり、声をかけたりして見ている者である。¹⁵その結果、いじめを実行する者はますます行為をエスカレートさせていく。¹⁶「傍観者」は、いじめを見ても見ぬふりをしている者である。¹⁷自分が次のターゲットになることを恐れたり、関係したくないという気持ちから無関心な態度をとるのである。¹⁸つまり、現代の「いじめ」においては、いじめをやめさせる子どもがいないのである。

Ⅵ　[19]また、いじめの方法も、子どもが考えたとは思えないほど悪質なケースが多く、し
　　かも、遊び感覚で行ってしまう特徴がある。[20]例えば、大勢の前で、嫌がる者を無理に
　　裸にさせたり、教科書を破ってごみ箱に捨てたり、「プロレスごっこ」だといって暴力を
　　ふるったりする。[21]いじめを行う者は、ターゲットにされた子どもが困ったり、苦しん
　　だりする姿を見ても相手の痛みを理解することができないのである。[22]長期間にわたり
　　いじめを受けた子どもの中には、エスカレートするいじめを恐れ、登校できなくなる者
　　も多い。

Ⅶ　[23]以上、「いじめ」の特徴について述べたが、子どもたちの世界にこのような陰湿ない
　　じめが広がることになった背景には、受験競争や少子化現象などの現代社会の抱える問
　　題があると言われている。[24]「いじめ」は現代社会のひずみを反映しているのである。

（『「いじめ」Ｑ＆Ａ－子供の人権を守ろう』法務省人権擁護局内人権実務研究会編著：ぎょうせいより）

【語　句】

1	いじめ	bullying	欺負
	今日	now, today	今天
3	恥ずかしい	shameful	不好意思
6	現代	the present day	現代
	一言	a few words	一句
	特徴	features	特點
7	昨今	nowadays	最近
	動作	movement	動作
	鈍い	dull, slow	遲鈍
	活発な	lively, active	活潑
	対象	a target	對象
9	きっかけ	a cause, a start	契機
10	複数	plural number	複數
	パターン	pattern	類型
11	明確な	clear	明確
12	罪	wrongdoing	罪
15	エスカレートする	to escalate	愈演愈烈

16	見ぬふり み	to pretend not to see	裝做看不見
17	ターゲット	a target	目標
	恐れる おそ	to fear, to be afraid	怕
20	大勢 おおぜい	crowd of people	眾多的（人）
	裸 はだか	naked	裸體
	プロレスごっこ	wrestling game	摔角遊戲
	暴力をふるう ぼうりょく	to use violence	使用暴力
21	姿 すがた	a state	樣子
23	陰湿な いんしつ	sinister	陰險的
	受験競争 じゅけんきょうそう	competition for school admissions	升學考試競爭
	背景 はいけい	background	背景
	少子化現象 しょう し か げんしょう	a phenomenon of declining fertility	少子化現象
24	ひずみ	a warp	歪斜
	反映する はんえい	to reflect	反映

◗ 構　造

◆　話題とメインアイデア

1つの段落には、話題（何について）とメインアイデア（何が言いたいのか）がある。
【問い】「いじめ」について、中心文を手がかりに、各段落の話題とそのメインアイデア
をまとめなさい。ⅠとⅥの（　　　）には話題を書きなさい。また、ⅢとⅤのメインアイデ
アをａ，ｂ，ｃから選びなさい。

段落	話題（何について）	メインアイデア（何が言いたいのか）
Ⅰ	（　　　　　）	いじめは以前からあるが、昔はいじめをやめさせる むかし 子どもがいた。
Ⅱ	今のいじめ	今のいじめは以前とはかなり異なる。 こと

22

III	いじめの対象 （たいしょう）	a. ほかと異なるものがあれば、どんな子どもでも 　　いじめの対象になる。 b. 集団の中で人より行動が遅かったり、活発でな 　　い子どもばかりがいじめられる。 c. 勉強ばかりしている子どもや活発で目立つ子ど 　　もがいじめの対象となっている。
IV	いじめる側の数 （がわ）	いじめは複数の子どもによる一方的なものである。
V	いじめに関わる人 （かかわ）	a. いじめはいじめられる人といじめる人と見てい 　　る人の３人の存在がある。 b. いじめの場所には、いじめる人、いじめられる 　　人、観衆、傍観者がいるが、助ける子どもがいな 　　い。 　　（かんしゅう　ぼうかんしゃ） c. 現代のいじめは、やめさせる人がいないので、 　　みんな無関心になっている。
VI	いじめの特徴／仕方	いじめは悪質で、しかも、遊び感覚で行われている。
VII	いじめの背景 （はいけい）	いじめは現代社会のひずみを反映している。 （はんえい）

> ## 内容理解

1. 現代のいじめについて、あてはまるものを選びなさい。いくつでもよい。

(1)　いじめる対象：(　a. 活発な子ども　　b. 性格が暗い子ども

　　　　　　　　　　　　c. 動作が遅い子ども　　d. 勉強がよくできる子ども　)

(2)　いじめのパターン：(　a. 一人の子どもが一人の子どもをいじめる

　　　　　　　　　　　　　b. 複数で一人の子どもをいじめる

　　　　　　　　　　　　　c. 集団で複数の子どもをいじめる　)

(3)　いじめ方：(　a. 遊び感覚　　b. 子どもらしいものが多い　　c. 悪質　　d. 陰湿　)
　　　　　　　　　　　　　　　　　　　　　　　　　　　　　　　（いんしつ）

2．下の絵はいじめの場面を表したものである。《　　》から適当な言葉を選んで、

（　　）に書きなさい。

《　　a．いじめを行う者　　　b．いじめを受けるもの　　　c．観衆　　　d．傍観者　　》

① 面白がって見ている（ c ）　　　　③ 見ても見ぬふり（ d ）　　　　④ 複数の子ども（ a ）

② 一人の子ども（ b ）

3．本文の内容と合うものに○をつけなさい。

(1) （ × ）昔はいじめを止める子どもがいたが、今はいない。

(2) （ ○ ）周りの子どもより勉強がよくできる子どもも、いじめられることがある。

(3) （ × ）いじめは周りにわからないようにうまく行われていることが多い。これは
子どもが考えたものではない。　提い孩子想到的方法

(4) （ ○ ）いじめられた子どもは学校へ行けなくなってしまうこともある。

(5) （ ○ ）いじめの背景には、現代社会の問題が関係している。

>　　　読むための文法

◆　助詞相当語

・長期間にわたり、いじめを受けた子どもの中には、登校できなくなる者も多い。

・いじめは、特に中学1年から3年にかけて多く発生している。

上の「～にわたり」や「～にかけて」のように、助詞のような働きをする言葉を助詞相当語という。ここでは、範囲、時・場面・状況、2者間の変化を表す助詞相当語をとりあげる（❸は名詞を修飾する場合である）。

なにぬ 卡通

1. 範囲を示す（はんい）

用て口語
不用て EE 較正式
大範囲

（1）　〜から〜にかけて／〜から〜にかけ　＝ からまで

例　①1960年代から1970年代にかけて、彼らの曲は世界中で高い人気を得ていた。

　　②８時から９時にかけ、この地点の交通量は一日の最高を記録した。
強週時間很久
まで

　　❸関東から東北にかけての広い地域で、大雨による被害が確認された。（ちいき）（ひがい）（かくにん）

（2）　〜にわたって／〜にわたり　　經过

例　①実験は４週間にわたって続けられた。フブ

　　②学会では、物理学、化学、生物学の分野にわたり、さまざまな発表が行われた。

　　❸３日間にわたる議論の結果、大会の開催を中止することにした。（かいさい）

遅
おくれる 表示確涉
おそくかえて

2. 時・場面・状況を示す（じょうきょう）

小学校の思惧に姑り

（1）　〜にあたって／〜にあたり

例　①留学を決意するにあたって、家族とも十分話し合った。（りゅうがく）（けつい）女

　　②新入生は、一年のスタートにあたり、各自の抱負を述べた。（ほうふ）（の）

　　❸出発にあたっての注意事項は、この書類にすべて書かれている。明年とき
時の状況

（2）　〜に際して／〜に際し（さい）的時候 ＝ 時 とき
比較慢或正開詞

例　①化学実験を行うに際しては、安全性に十分気をつけなければならない。（さい）時

　　②レポート提出に際し、実験日の記入を必ず確認すること。

　　❸地震や火事などが起きた場合にどうしたらいいか、人々には緊急事態に際しての（じしん）（きんきゅうじたい）
情報が十分伝わっていなかった。（つた）

3. 関係する２つの事柄の変化を示すもの（ことがら）

（1）　〜に伴って／〜に伴い（ともな）

例　①不況に伴って、失業率も悪化している。（ふきょう）

　　②経済発展に伴い、環境破壊が進んだ。（けいざいはってん）（かんきょうはかい）

　　❸雨不足に伴う野菜の高値は、しばらく続くと思われる。（やさい）（たかね）

（2）　〜とともに

例　①気温が高くなるとともに電気消費量も増えてきた。（しょうひりょう）

②流行は時代とともに変化する。例えば、スカートの長さがそのいい例である。

＊２つの特徴を同時に持っていることを示す意味もある。

①親にとって、子どもの結婚は、喜びであるとともにさびしいものでもある。

②彼女は医者であるとともに登山家でもあった。

言葉の練習

1. （　　　）に入る言葉を 《　　　》の中から選びなさい。

《　対象　　特徴　　報告　　背景　　現象　》

(1)　留学生200人を（　　　　　　　）に、学生生活についてアンケート調査を行った。

(2)　液体が気体に変わる（　　　　　　　）を気化という。

(3)　子どもの病気を専門にみようとする医者が減っているという。この（　　　　　）
には少子化の問題がある。

(4)　日本海側の気候の（　　　　　　　）としては、夏、蒸し暑く、冬、雪が多いことが
あげられる。

**2.「～という／～といった」のあとに続く言葉をa～cから選びなさい。答えは１つとは
限らない。**

(1)　昔は、強い者が弱い者をいじめるのは恥ずかしいという□□□□□があった。

〈　ａ．気持ち　　ｂ．思い出　　ｃ．意識　〉

(2)　いじめが行われる時には、複数の子どもが集団で一人の子どもをいじめるといった
□□□□□が多い。

〈　ａ．やり方　　ｂ．パターン　　ｃ．人　〉

(3)　いじめる側は、多数の中の一人であることから、だれが中心となり行ったのかが明確
でないことが多い。そのため、自分は良くないことをしているのだという□□□□□
を感じていない場合が多くみられる。

〈　ａ．陰湿さ　　ｂ．社会現象　　ｃ．罪の意識　〉

第3課 衝動買いを誘導する
しょうどう が　　ゆうどう

▷ 読む前に

1. 買い物はいつも計画的にしていますか。

2. デパートやスーパーなどで、買うつもりがなかったのに、買ってしまったことがあり
  ますか。

3. 店の人々は、私たちが買いたくなるように、どんな工夫をしていると思いますか。
  くふう

本文

　買う予定は全然なかったのに、つい買ってしまい、後で「こんなもの、買わなければよかった」と思った経験はないだろうか。買う側に計画性がないことが原因にも思えるが、これには衝動買いを計画的に誘導しようとする店側の姿勢も大きく関係している。店側は予定していないものまでわれわれに買わせるために、どんな工夫をしているのだろうか。

Ⅰ　¹衝動買い、インパルス・バイイング（impulse buying）は、よく使われる言葉であるが、その定義はあいまいである。²予定していなかった商品をつい買ってしまったという程度の意味であろうか。³具体的に考えれば、買い物に行く前に書いたショッピングリストに載っていなかった商品を買ったような例は、衝動買いと言えるだろう。⁴また、ファッション商品をウインドーショッピングするつもりで専門店街を歩いている間に、突然買ってしまう例も衝動買いをしてしまったとよく言う。⁵ただ、売り場で商品を見たから衝動買いをしたといっても、もともと欲しいと思っていた商品が目の前にあったので、買ったのかもしれない。⁶消費者がどのように思って買ったか、消費者の心の中まで推測するのは難しく、それが衝動買いの定義づけをあいまいにしている。

Ⅱ　⁷ファッション商品は、客の好みなどが複雑に関係しているので、店側が計画的に衝動買いを誘導するのは難しい。⁸しかし、比較的、単価が安い食品や家庭用品では誘導が可能で、店側はそのためにさまざまな企画を立てている。⁹まず、衝動買いの対象となりやすい商品を選ぶ。¹⁰米国のスーパーマーケットなどでは、これらをハイ・インパルス・プロダクト（high impulse product）と呼び、常に新しいものを探している。¹¹ハイ・インパルス・プロダクトの有力候補に選ばれるのは、消耗品で、有名ブランド商品の新製品が多い。

Ⅲ　¹²また、これらの有力候補も通常の売り方ではなかなか衝動買いは起きない。¹³そこで、店内で最も客の通行量の多い場所、ハイ・トラフィック（high traffic）を選びだし、そこに有力候補を並べる。¹⁴飽きやすい客の偶然の衝動を待つのではなく、計画的に商品を選びだし、「意図的に陳列する仕掛け」ではじめて衝動買いが起きるのである。

Ⅳ　¹⁵衝動買いを起こさせるには、ハイ・インパルス・プロダクト、ハイ・トラフィックを選ぶが、もう一つ重要なのは価格である。¹⁶特売商品で安かったので余分に買い込んだ

などは、衝動買いの一種であり、安い価格は衝動買いを誘う重要な要因である。[17]しかも、それにはタイミングが欠かせない。[18]スーパーマーケットでは、コーヒーは比較的、価格の高い商品だけに、特売の設定を月末、給料日以降に置くことが多いようである。[19]財布が厚い間に衝動買いを誘う作戦である。[20]このような高額商品はテレビCMなども月末集中型にし、店の販売促進を助けている。[21]もちろん、ファッション商品のように客にとって手持ちのお金で買えない場合には、クレジットカードの受け入れなども衝動買いを起こさせる条件となる。

V　[22]商品が店内にあふれている状況では、客は店内で商品を手に取るまで、どのブランドのどの商品を買うか決めていないケースが大半である。[23]それだけに店内での販売促進策が重要になっている。[24]試食、試供品のデモンストレーション販売やTシャツプレゼントなどのキャンペーンも、衝動買いの基盤づくりの一つと言えるだろう。

VI　[25]このように、消費者が意識しないところで、様々な工夫がなされているのである。[26]少しでも安くて良い物を買おうとする消費者に、少しでも多くの物を買わせるために、売り手側は日々知恵を絞り、努力しているのである。

（『Q＆A　マーケティング100の常識』日本経済新聞社より）

【語　句】

1	定義	definition	定義
2	つい	unintentionally	不知不覺
3	(リストに)載る	to be on (the list)	登（在一覽表）
4	ファッション	fashion	時裝
	ウインドーショッピング	window shopping	櫥窗瀏覽
5	もともと	from before	本來
6	消費者	consumer	消費者
	推測する	to guess, to surmise	推測
	あいまい	unclear	曖昧
7	誘導する	to induce	引導
8	比較的	relatively	比較

見飽きました 看賦了

	単価（たんか）	unit price	單價
	企画（きかく）	plan, project	企畫
10	常に（つね）	always	經常
11	候補（こうほ）	a candidate	候補
	消耗品（しょうもうひん）	article for consumption	消耗品
	ブランド	brand	名牌
食べ 14	飽きる（あ） 吃賦	to lose interest	膩
	偶然（ぐうぜん）	by chance	偶然
	衝動（しょうどう）	impulse	衝動
	意図的に（いとてき）	intentionally	有意圖地
	陳列する（ちんれつ）	to display	陳列
	仕掛け（しか）	a trick	設機關
16	余分（よぶん）	extra	多餘
	要因（よういん）	an important factor	主要因素
17	タイミング	timing	時機
	欠かせない（か）	indispensable	不可或缺
20	販売促進（はんばいそくしん）	sales promotion	促銷
21	クレジットカード	a credit card	信用卡
22	あふれる	to overflow with	充滿
	大半（たいはん）	the majority, most of	大部分
24	試食（ししょく）	tasting (prior to purchase)	試吃品
	試供品（しきょうひん）	a sample	試用品
	デモンストレーション	demonstration	現場表演
	キャンペーン	campaign	促銷活動
	基盤（きばん）	a basis, a foundation	基礎
25	意識する（いしき）	to be aware of	意識到
26	知恵を絞る（ちえ しぼ）	to think hard	絞盡腦汁
	努力する（どりょく）	to make an effort	努力

> ### 構　造

◆　アウトライン

　書き手は文章を書くまえに、どのような情報をどう組み立てるか、アウトラインを考える。読み手にとっても情報をアウトラインの形で体系的に整理することは、全体の論理的つながりがつかみやすく、記憶にも残りやすいと言われている。

【問い】「衝動買いを誘導する」のアウトラインを考えてみよう。＿＿＿＿＿に適切な言葉を入れなさい。

Ⅰ　「衝動買い」の定義はあいまい

　　A　「予定していなかった商品をつい買ってしまったこと」

　　B　例1　リストにないものを買った

　　　　　2 ＿＿＿＿＿＿＿＿＿＿＿＿＿＿＿＿＿＿＿＿＿＿＿＿

　　C　前から欲しいと思っていたものが店にあったので買ったのかもしれない

　　D　消費者がどのように思って買ったかを推測するのは難しい

Ⅱ　ハイ・インパルス・プロダクト

　　A　ファッション商品は計画的衝動買いの誘導が難しい

　　B　単価が安い食品・家庭用品は誘導可能

　　C　衝動買いの対象となりやすい商品を選ぶ

　　　　1　米国では常に新しいものを探している

　　　　2　有力候補は＿＿＿＿＿＿＿＿＿＿＿＿＿＿＿＿＿＿＿＿

Ⅲ　ハイ・トラフィック

　　A　通常の売り方では衝動買いは起きない

　　B　通行量の多い場所に有力候補を並べる

　　C　偶然を待つのではなく、計画的に商品を選び出し、意図的に陳列する

Ⅳ　価格

　　A　安い価格

---

            1   特売商品で余分に買いこむ

            2   衝動買いを誘う重要な要因

    B   タイミング

            1   例   コーヒー

                a   比較的、価格の高い商品

                b   特売設定を月末給料日以降にする

                c   テレビ CMも 月末集中型する

    C   クレジットの使用

V   店内での販売促進策

    A   客は商品を手にとるまで、どの商品を買うか、決めていない

    B   衝動買いの基盤づくり

            1   デモンストレーション販売

            2   キャンペーン

VI   さまざまな工夫がなされている

        日々知恵を絞り、努力している

スイッチを押すと 電気が消えます

私は知り合った日本人団の中で
小田先生は1番可愛くて 美人で素敵です

> ## 内容理解

1.   **本文の内容に合うものに○をつけなさい。**

(1)(   )「衝動買い」は、予定していなかったものを買ってしまったことと定義することができる。

(2)(   ) 衝動買いをさせやすい商品は、いつまでも使える有名な会社の新製品である。

(3)(   ) 客は飽きやすいので、常に商品を並べる場所を変えなければならない。

(4)(○) 高い商品を売るためには、客が給料をもらったころにセールをするとよい。

(5)(○) 客は店で商品を見てから買うものを決めるので、店内での誘導が大事である。

2. 衝動買いを起こさせるための条件を図にまとめた。a〜eから各条件のキーワード
   となる語を選び、（　　　　　　）に入れなさい。
   上で料理方法を言うのは簡単です
   くつ

   ```
   ┌─────────────────────────────────────────────┐
   │ a．消耗品        b．意図的な陳列      c．有名ブランドの新商品 │
   │    しょうもうひん      ちんれつ                      │
   │ d．デモンストレーション      e．タイミング              │
   └─────────────────────────────────────────────┘
   ```

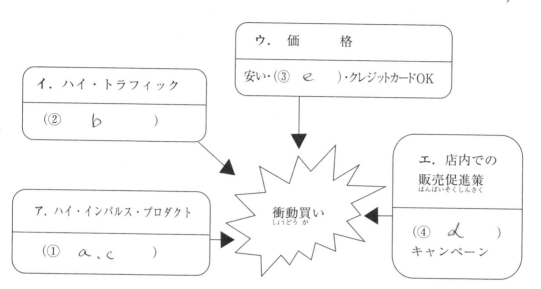

3. 次のような衝動買いは、上のア〜エのどれが関係して起きたものと考えられるか。

（1）　スーパーの中を歩いていたら、店の人に「どうぞ一口食べてみて」と言われ、ハムを
   ひとくち
   もらった。今日買う予定のものではなかったが、おいしかったので買った。

（2）　きのうはアルバイト代をもらった日で、いつもよりお金を持っていた。セール中だっ
   たフランスの有名なワインをつい買ってしまった。

（3）　お金を払うのに、レジに並んでいたら、ラップが置いてあった。安売りをしていたし、
   なら
   買っておいても悪くなるものではないので、2つ買った。
   没有壞掉   買うこと
   いくなります
   な形→になります

◆── 読むための文法

◆　複　文
   ふく　ぶん

   次の(a)、(b)のように、述語を中心としたまとまりが2つ以上集まってできた文を複文
   じゅつご
という。その文のうち、下線部分を従属節とよぶ。
   じゅうぞくせつ
   ハイヒルを穿くと 背が高いです
   結果

（a）日本語でレポートを書くのは難しい。　（b）ボタンを押すと、ドアは開く。　解釈文書
   動詞　名詞   ご飯を食べ過ぎるとお腹が痛いなります
                                        おなか

ここでは、従属節の5タイプを紹介する。文が長くて、意味がよく分からないときなどは、複文が原因となっていることが多い。文の構造をつかむ際には、従属節の部分を1つのまとまりでとらえよう。なお、実際の文では、これらがいくつか組み合わされている。

1. 文を名詞のまとまりに変えるもの ［～こと、～の］

(1) 店側が計画的に衝動買いを誘導するのは難しい。

(2) 一つのことをして、二つの利益を得ることを一石二鳥という。

(3) 特売日を給料日以降に置くことが多い。

2. 名詞を修飾するもの

A 文＋名詞

(1) ショッピングリストになかった 商品 を買う。

(2) これまでノーベル文学賞を受賞した 日本人 は、川端氏と大江氏の二氏である。

(3) だれかがドアをたたく 音 がした。

B ～という＋名詞

(1) 日本人の家はウサギ小屋だという 言葉 は、大都会の住宅の様子を見て出た言葉だろう。

(2) 大学祭はやりたい人だけやればいいという 意見 には賛成できない。

(3) キャンペーンには、衝動買いの基盤をつくるという 一面 がある。

3. 述語や主節全体を修飾するもの

(1) A氏が留学生として学んでいた時、この大学の留学生数は108名であった。　　［時］

(2) 売り上げが伸びなければ、会社はほかの方法を考えなければならない。　　［条件］

(3) 50年前は、物を買いたい人はたくさんいたが、売る物がなかった。　　［逆接］

(4) 客の好みが複雑に関係しているので、計画的に誘導するのは難しい。　［原因・理由］

4. 思考や記述の内容を表すもの　　［　　］と／ように　思う、考える、言う　など

(1) （私は）［2050年までにはガンを治す薬は数多く発明されている］と思う。

(2) 先生は［急いで調査する］ように指示した。

34

私は W-Cupサッカー　を知ることが　難しい

(3) [日本は世界の中でも比較的安全な国だ] と思われている。

5. 並列や列挙の関係にあるもの

(1) その時代の流行により、ネクタイの幅が太くなったり、細くなったりする。

(2) 次の文を読んで、問題に答えよ。

(3) 通行量の多い場所を選びだし、そこに商品を並べ、多くの人が買うようにした。

言葉の練習

1. 最も適切な言葉を選びなさい。

(1) この実験は、温度、圧力を一定に保つという（条件・要因・定義）で行った。

(2) コンビニエンスストア（a convenience store）がこのように発展した大きな（条件・要因・定義）は、情報管理にあると言われている。

(3) 水は（意図的に・常に・通常）高いほうから、低いほうへ流れる。

(4) 水素（H）は（意図的に・常に・通常）気体であるが、非常に温度が低いところでは液体になる。

(5) これまでのデータから20年後の人口を（推測する・意識する・増えている）。

(6) 今日の若者には携帯電話が（大半の・不必要な・欠かせない）もののようである。

2. （　　　　　）にあてはまる言葉を　　　　　　から抜き出しなさい。

(1) 店内で最も客の通行量の多い場所、ハイ・トラフィックを選びだし、そこに有力候補を並べる。

⇒ハイ・トラフィックとは（　　　　　　　　　　　　　）のことである。

(2) 環境を汚さない低公害車として、電気モーターとガソリンエンジンを組み合わせた車、ハイブリッドカーが注目されている。

⇒ハイブリッドカーとは（　　　　　　　　　　　　　）のことである。

nとn 和

Vと 一忌様託…

第4課　ビデオカメラの人間工学

読む前に

1. あなたはビデオカメラを使ったことがありますか。

2. ビデオカメラを買うときには、どんな点に注意して選んだらいいと思いますか。

3. 長い時間使っていても疲れにくいビデオカメラとは、どのようなものだと思いますか。

本文

長い時間撮っていても疲れにくく、使いやすいビデオカメラとは、どんなものなのか。次の実験を読んでみよう。

Ⅰ　¹製品デザインに人間工学的な配慮を加えなければならないことは、だれもが思っていることであるが、デザインの現場で実際に活用されている例は極めてまれである。²これからの製品デザインにusability（効果的かつ快適に目標を達成できること）を実現していくためには、人間工学の本格的な活用が必要であると思われる。³本報告では、人間工学的研究から見た使いやすいビデオカメラについて述べる。

Ⅱ　⁴ビデオカメラはいわゆる一般のカメラとは異なり、１回の撮影時間が長く、保持のしやすさが使いやすさに大きく影響してくる。⁵保持のしやすさとは、

(1) 筋負担が小さく疲れにくい

(2) カメラ振れが少ない

(3) 撮るものをよく追いかけることができる（追随性がある）。

といったことである。⁶こうしたことを検討するために、保持方法が異なる実験用モデルを作成し、比較した。⁷実験モデルは図１に示されている４タイプで、いずれも重量は１kgである。⁸被験者は壁に向かって右手で実験モデルを持って立ち、右目をファインダにつけ、上記（1）から（3）に関する実験に参加した。

A

本体側面のグリップ（a grip）を手のひらで包むように保持する

B

ガン（a gun）をにぎるように持つ、いわゆるガングリップ

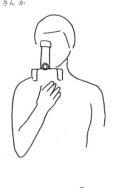

C

前腕を自然に持ち上げ、手のひらを上向きにしてカメラを下方から保持する

D

前腕を体に近づけ、手のひらはやや下向きで上から握る

図１　実験用モデルの保持方法

Ⅲ ⁹上記（1）の筋負担については、図2の①②③④の4つの筋肉部から表面筋電図を導き出し、求めた。¹⁰筋電図とは、筋が収縮するときに発生する活動電位を測定記録したものである。

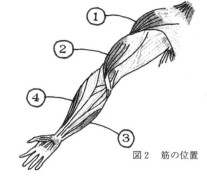

図2　筋の位置

Ⅳ ¹¹（2）のカメラ振れは、実験モデルの側面と上面に加速度センサーを取り付け、それぞれ水平方向、垂直方向の振動を測定した。

Ⅴ ¹²（3）の移動目標に対する追随性は、コンピューター制御で壁に映されたレーザー光点を、ファインダ中央に表示された十字マークにできるだけ合わせるようにさせ、そのずれ量を指標にして求めた。¹³ずれ量の測定は、レーザー光点が正面から上、正面から右に動き始めたとき、そして、上、下、右、左からそれぞれ正面に戻り始めたときの6つの時点で行った。

Ⅵ ¹⁴筋電図測定の結果、①および③の筋負担はCタイプが他より低いことが示された。¹⁵②および④の筋負担はDタイプで高い傾向が認められた。¹⁶全体として、Cタイプの筋負担が他のタイプより低いことが示された。

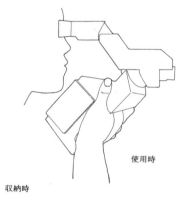

使用時

Ⅶ ¹⁷また、カメラ振れの指標として求めた振動量の結果は、垂直方向の振動量についてはCタイプが最も小さいことが明らかになった。¹⁸また、水平方向の振動量はDタイプが大きく、他の3タイプは小さいことが示された。

収納時

図3　Cタイプをより具体化したビデオカメラの提案例

Ⅷ ¹⁹移動目標に対する追随性は、縦ずれ量においてはCタイプで小さく、Aタイプ、Bタイプで大きい傾向が示された。²⁰横ずれ量では概してCタイプが低い値を示す傾向が見られた。

Ⅸ ²¹以上のように、筋負担、カメラ振れ、目標追随性のすべてにおいて、Cタイプがよい成績を示し、保持方法として優れていることが明らかとなった。²²これは、Cタイプのグリップが体の内側にあり、ひじおよび上腕部を体の中心で支えることができること、そして、前腕が自然な腕の姿勢で保持できることにより、筋負担およびカメラ振れが軽減されたことによるものと思われる。²³また、移動目標への追随性にも優れているのは、

カメラの慣性を上記のように体の中心で支えることができることによるものと思われる。[24]これらの結果をもとに、Ｃタイプの形をより具体化した例を図３に示した。[25]今後、こうした人間工学的検討をデザイン開発の中で活用し、より優れた製品が生み出されるよう期待している。

（勝浦哲夫「ビデオカメラの人間工学」『人間工学』より）

【語　句】

1	人間工学 にんげんこうがく	ergonomics	人體工學
	配慮 はいりょ	consideration	考慮
	加える くわ	to add	加上
	活用する かつよう	to utilize	活用
	極めて きわ	extremely	非常
	まれ	rare	罕見
2	効果的 こうかてき	effective	有效的
	かつ	and	併
	快適に かいてき	comfortably	舒適地
	本格的な ほんかくてき	real	真正的
4	いわゆる	what is called	所謂
	保持 ほじ	keeping	保持
5	筋負担 きんふたん	load / burden on the muscle	筋肉的負擔
	カメラ振れ ぶ	a blur	相機晃動
6	検討する けんとう	to examine,to study	探討研究
7	いずれも	all	全都
	モデル	a model	模型
8	被験者 ひけんしゃ	a subject	被實驗者
	ファインダ	finder	取景器
10	収縮する しゅうしゅく	to shrink	收縮
11	加速度 かそくど	a degree of acceleration	加速度
	センサー	sensor	感應器
	水平 すいへい	horizontal	水平

39

	垂直 すいちょく	perpendicular	垂直
12	制御 せいぎょ	control	控制
	レーザー	a laser	雷射
	十字 じゅうじ	a cross	十字
	ずれ	difference	偏差
	指標 しひょう	indicator	指標
15	傾向 けいこう	tendency	傾向
20	概して がい	generally, roughly	一般而論
21	優れている すぐ	to be superior to	優秀
22	ひじ	an elbow	肘
	および	and…as well	和
	上腕部 じょうわんぶ	a part of the upper arm	上臂部
	支える ささ	to support	支持
23	慣性 かんせい	inertia	慣性
25	より	more	更

構　造

◆　**文章構成**
　ぶんしょうこうせい

　　事実を説明し、それに対する自分の意見や考えを述べる論説文は、次の３つの部分から構成される。

　　「序論」：はじめの部分。これからどんなことを述べるのかを簡単に示す。

　　「本論」：話の中心となる部分。具体的な説明をしたり、自分の考えを述べたりする。

　　「結論」：まとめの部分。本論から明らかになったことを確認し、まとめる。

「ビデオカメラの人間工学」は、次のように３つに分けることができる。

段落		要　　約　　文
序論	Ⅰ	製品デザインには人間工学的な配慮が必要だ。ここでは、ビデオカメラについて考える。

Ⅱ　ビデオカメラの保持のしやすさに関係する３つの面から検討し、実験した。

Ⅲ　筋負担については筋電図を使い調べた。

Ⅳ　カメラの振れは実験モデルに加速度センサーをつけ、測定した。

本論

Ⅴ　追随性は、レーザーの光点とファインダ中央のマークとのずれから調べた。

Ⅵ　筋負担はＣタイプが低いことがわかった。

Ⅶ　カメラ振れは垂直方向ではＣタイプが小さく、水平方向ではＤタイプ以外が小さかった。

Ⅷ　追随性は、縦ずれ、横ずれともにＣタイプが低い値を示した。

結論

Ⅸ　３つの実験からＣタイプが保持方法として優れていることがわかった。

【問い】次のことはどの段落で述べられているか。ａ～ｋに段落の番号を書きなさい。

１．製品デザインに人間工学の考えを加えることの大切さ（ａ．　　　）

２．この報告で述べること（ｂ．　　　）

３．実験

保持のしやすさ……３つのことが考えられる（ｃ．　　　）

(1) 筋負担　　実験方法（ｄ．　　　）　　結果（ｅ．　　　）

(2) カメラ振れ　実験方法（ｆ．　　　）　　結果（ｇ．　　　）

(3) 追随性　　実験方法（ｈ．　　　）　　結果（ｉ．　　　）

４．３つの実験からの結論とその原因分析（ｊ．　　　）

５．結論から考えられる製品デザイン（ｋ．　　　）

内容理解

1．3つの実験から得られたデータを並べた。（　　　　　）に合う図の記号を書きなさい。

(1)　筋電図　　　①の筋負担（　　　　　）　　　　　　②の筋負担（　　　　　）

㋐

| A | B | C | D |

㋑

| A | B | C | D |

(2)　カメラ振れ　　垂直方向の振動量（　　　　）　　　　水平方向の振動量（　　　　　）

㋐

| A | B | C | D |

㋑

| A | B | C | D |

(3)　追随性　　　縦ずれ量（　　　　　）　　　　　　横ずれ量（　　　　　）

㋐

| A | B | C | D | | A | B | C | D | | A | B | C | D |

㋑

| A | B | C | D | | A | B | C | D | | A | B | C | D |

2.　実験の結果、Cタイプが最も優れているという結論になったが、筆者はその理由を何だと考えているか。（　　　　　）に言葉を入れなさい。

理由1　Cタイプは、筋負担やカメラ振れが少ない。

　　　①グリップが体の（　　　　　　　　）にあるので、（　　　　　　　）や腕の上の部分を体の中心で支えることができるため。

　　　②（　　　　　　）が自然な姿勢で保たれるため。

理由2　Cタイプは、追随性にも優れている。

　　　カメラを（　　　　　　　　）で支えることができるため。

◆ 読むための文法

◆ 指示表現：「こ～」「そ～」以外の指示表現

1. 本○○　例）本報告、本稿、本研究、本書、本発表、本調査など

(1) 本報告では、人間工学的研究から追求した使いやすいビデオカメラについて述べる。

(2) 本書は日本で学ぶ日本語学習者のために書かれたものである。

2. 同○○　例）同報告書、同法、同研究所など

(1) 昨年 6 月、容器包装の分別収集の促進等に関する法律が制定された。同法は、リサイクルを進めるための初の法律である。

(2) 自動車のリサイクルについては委員会が設置され、本年 4 月、報告書が提出された。同報告書は、車のリサイクルを進めるための 3 つの目標をあげている。

3. 前者、後者

(1) 留学生には大きく分けて、私費留学生と国費留学生とがある。前者は自分で学費を払って勉強している学生であり、後者は国から援助を受けている学生である。

(2) 「かがく」を漢字で表せば、「化学」と「科学」の 2 通りの表記がある。前者は英語の "chemistry" にあたるものであり、"science" の「科学」と区別するために「ばけがく」と言う場合もある。

4. 上記・下記、前述・後述、前掲

(1) 上記の筋負担については、図 2 の①②③④の 4 つの筋肉部から表面筋電図を導き出し求めた。

(2) この法律は、リサイクルを進めるための初の法律である。そのため、後述のような課題もかかえている。

5. かく、かかる、かくして

かなり古い表現であるが、時折使われることがある。「かく」は「このように」、「かかる」は「このような」、「かくして」は「このようにして」と同じ意味である。

(1) かかる状況下で、物質的には豊かとは言えない生活が続いた。

(2) かくして日本は農業国から工業国へと姿を変えたのである。

> 言葉の練習

1. 最も適切な言葉を選びなさい。

   (1) 水中でも使えるという点で、この時計は（優れている・求めている・期待する）。

   (2) このデータでは不十分な点が多く、より正確なデータを得るため、新たな方法を（軽減する・検討する・測定する）必要がある。

   (3) 髪の色を茶色や赤茶色に染めた、（あらゆる・まれな・いわゆる）茶髪は、今では珍しいものではなくなってきた。

   (4) デザインの現場で人間工学的な考えが加えられている例は、（極めて・自然に・効果的に）少ない。

2. 下線部のものはどんなものだと思うか。漢字から考えなさい。

   (1) ４つの筋肉部から表面筋電図を導き出し求めた。

   (2) 筋電図とは筋肉が収縮するときに発生する活動電位を測定、記録したものである。

3. 文中の [_____] に続くと思う言葉をa～cから選びなさい。答えは１つとは限らない。

   (1) すべての実験において、Cタイプがよい [a、b] を示し、ビデオカメラを持つ方法として適していることがわかった。

   〈 a．結果　　b．成績　　c．報告 〉

   (2) 今後のデザイン開発においては、人間工学の面からの検討も [b、c] 、よりよい製品が生み出されることを期待している。

   〈 a．思われ　　b．加え　　c．活用し 〉

44

第5課　　　多様化の中のテレビ

ご年配 の人(方)= れも取り= 哀しい = 孤独
ねんばい　　ご年寄

衰退
すいたい
↑長なう
成世

つければ 見れます

1.　1日に何時間ぐらいテレビを見ますか。

2.　あなたにとってテレビはどんな存在ですか。
　　　　　　　　　　　　　　そんざい

　　a.なくてはならないもの　　b.暇な時、見るもの　　c.なくてもいいもの
　　　　一定要　　　　　　　　　ひま
　　　　　　　　　　　　　　　　　┗特對別人說

3.　最近は、インターネットやデジタル放送など、次々と新しいメディア機器が出てきて
　　　　　　　　　　　　　　　　　　　　　　　　　　　　　　　　　　　き
　　いますが、これから家庭の中で一番よく利用されるようになるのは何だと思いますか。
　　　　　　　　かてい

45

本　文

さまざまなメディアが登場する今日、テレビはどのような存在なのか。

I 　1近年、携帯電話やインターネットなどの普及により、情報獲得の手段が大きく変化している。2携帯電話は、ここ4、5年の間に著しい伸びを見せ、今日では、年代を問わず、多くの人が持ち歩く時代となってきた。3また、インターネットについても、その限りない可能性が毎日のように語られ、人々の関心は非常に高い。

II 　4このような状況の中、半世紀の歴史を迎えようとするテレビは、今人々にとってどのような存在であるのか。5 1つの家に2台以上のテレビがあるというのも珍しいことではないが、ほかのさまざまなメディアの影響を受け、テレビ離れということは起こっていないのか。6 NHK（日本放送協会）が1985年から5年ごとに行っている調査結果をもとに考えてみたい。※1

III 　7まず、テレビの視聴時間について見てみると、図1のように4時間以上の長時間の視聴が増えている。8そして、さらにこれを詳しく分析すると、70歳以上の高齢者の女性に増加が目立つという。

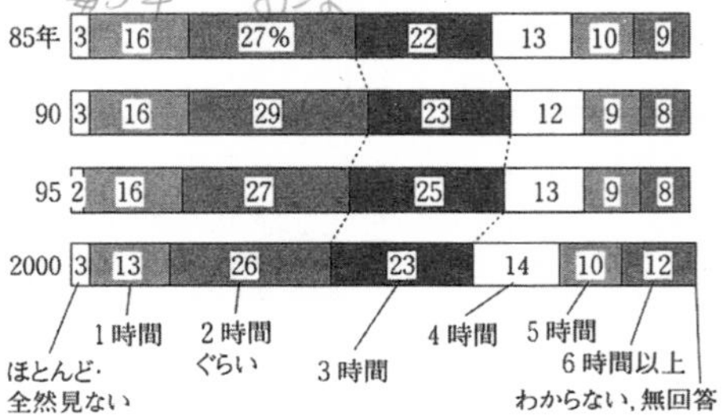

	ほとんど・全然見ない	1時間	2時間ぐらい	3時間	4時間	5時間	6時間以上 わからない、無回答
85年	3	16	27%	22	13	10	9
90	3	16	29	23	12	9	8
95	2	16	27	25	13	9	8
2000	3	13	26	23	14	10	12

図1　ふだんテレビを見る時間

IV 　9図2はテレビの重要度について示したものであるが、「あなたにとってテレビとはどういう存在か」という質問に対し、「なくてはならないもの」という回答は前回の調査と同じ割合にとどまった。10これまでの調査においては、常にその割合が前の回を上回っていたが、今回初めて伸びが止まり、重要度の鈍りが感じられる。

V 　11しかし、これを年齢別に分析すると（図3）、20・30代の若い年齢層と60代では、「あれば便利」が減少し、「なくてはならないもの」が増加していることがわかる。12これには、若い層にとって、テレビは生まれたときからごく自然にそばにあるということや、若者向けに製作された番組が多いということが原因としてあるように思われる。13また、60代以降の人々には、限られたメディア利用の中で、テレビが最も手軽に社会情報が得られ、娯楽も楽しめるものとなっているためではないかと推察される。

VI 　14新しい情報収集の方法としてインターネットによる方法が普及してきたが、2000年現在、コンピューターまたはワープロを所有している者は半数を超えたところであり、

46

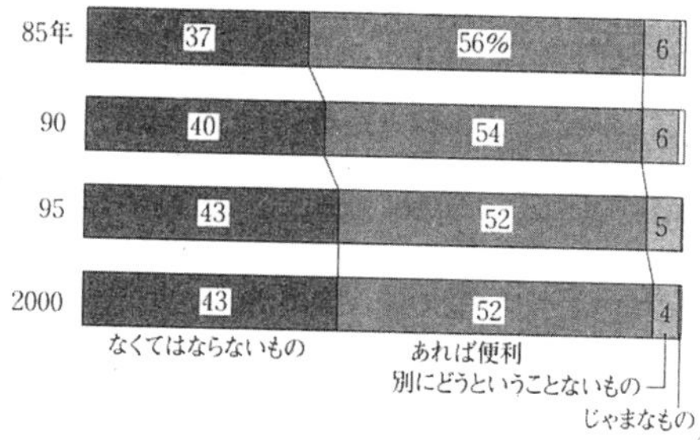

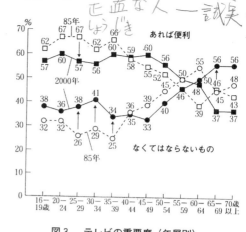

図３　テレビの重要度（年層別）

図２　テレビの重要度

まだテレビの比ではない。[15]しかも、イン
ターネットを週に１回以上使用する者は、
まだ16％にすぎない（図４）。[16]しかし、利
用者からは「ないと困る」という肯定的
な回答を多く得ており（図５）、利用層
の拡大とともに利便性に対する回答はさ
らに増えるものと思われる。

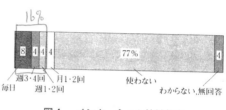

図４　インターネット接触頻度

Ⅶ　[17]では、人々はどのような目的には、
どのメディアが役に立つと思っているの
か。[18]これについては図６のような結果
が出ている。※2　[19]目的により、それぞれ
の特徴は異なっているが、テレビは多く
の項目において高い評価を得たようであ
る。[20]特に、〈報道〉や〈娯楽〉ではテレ
ビが全体の６割前後を占めている。[21]や
はり、これは視覚と聴覚どちらにも訴え
られる利点が認められてのことであろう。
[22]なお、選択肢には、「インターネット」も
提示されていたが、その割合は低い。[23]こ
の点については、普及が十分ではないた
めとの分析がなされている。

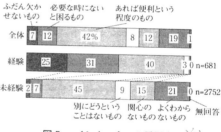

図５　インターネット重要度

Ⅷ　[24]以上の結果から見る限り、総体的に
は、テレビは現在も日本人にとって生活
に密着したメディアであると言えよう。

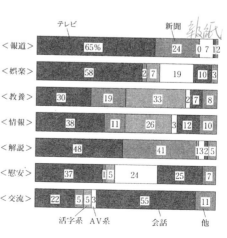

図６　メディアの効用比較

²⁵特に、メディアの進化の流れに乗り切れない高年齢層にとって、その依存度は特に高いように思われる。²⁶しかし、その一方では、メディアの多様化により、これまでのような不可欠な存在であるという意識は、今後あまり期待できなくなるのではないかという一面も見受けられる。²⁷インターネットもまだ普及の途中にあるため、今のところ利用率も低いが、さらに浸透してくれば、テレビを脅かす存在となるかもしれない。

※１　今回の調査は2000年3月に実施。調査回答者16歳以上の男女3584人。面接法による。

※２　・メディアの機能　　　　　　　　　　　・テレビ、新聞以外のメディア

〈報道〉社会の出来事や動きを知るため　　　「活字系」：「週刊誌」＋「タウン誌・情報誌」＋「本」

〈娯楽〉感動したり、楽しむため　　　　　　「AV系」：「ラジオ」＋「レコード・テープ・CD・

〈教養〉教養を身につけるため　　　　　　　　　　　MD」＋「映画・ビデオソフト」

〈情報〉生活や趣味に関する情報を得るため　「会話」：「家族との会話」＋「知人との会話」（電

〈解説〉政治や社会の問題について考えるため　　　　話での会話も含む）

〈慰安〉疲れを休めたり、ゆっくりするため　「その他」：「インターネット」など

〈交流〉人とのつきあいを深めたり、広げた

りするため

（上村修一他「日本人とテレビ・2000」『放送研究と調査』NHK放送文化研究所より引用）

〰〰〰〰〰〰〰〰〰〰〰〰〰〰〰〰〰〰〰〰〰〰〰〰〰〰〰〰〰〰

【語　句】

1	近年	in recent years	近幾年
	携帯電話	a cellular phone	手機
	普及	diffusion, spread	普及
	情報獲得	information acquisition	獲得資訊
	手段	means, a way	手段
2	著しい	remarkable, marked	顯著
	伸び	growth	伸展
	～を問わず	regardless of ～	不論
3	限りない	boundless, limitless	無限的
	語る	to talk, to tell	談論
	関心	interest	關心

48

食事します　　　　　公前をとります　外送服務（中、日式料理）
で玩
テリバリーします　Pizza　連倉（差式）

4	半世紀を迎える （はんせいき）（むか）	to mark a half-century	經過半個世紀
	存在 （そんざい）	existence	存在
7	視聴 （しちょう）	watching TV	視聽
9	とどまる	to stay, to remain	限於
10	上回る （うわまわ）	to exceed, to be above	超過
	鈍り （にぶ）	diminishing	鈍化
11	〜別 （べつ）	classified by	別
	〜層 （そう）	bracket	層
13	〜以降 （いこう）	after〜	以後
	限られた （かぎ）	limited	有限的
	娯楽 （ごらく）	entertainment	娛樂
	推察する （すいさつ）	to guess	推測
14	〜の比ではない （ひ）	to be no match for	非……所能比
15	〜にすぎない	merely	只不過
16	肯定的な （こうていてき）	affirmative	肯定的
	拡大 （かくだい）	expansion	擴大
19	評価 （ひょうか）	a review, evaluation	評價
20	報道 （ほうどう）	news, journalism	報導
	占める （し）	to occupy	佔有
21	視覚 （しかく）	vision	視覺
	聴覚 （ちょうかく）	auditory sense	聽覺
	訴える （うった）	to appeal	訴說
22	選択肢 （せんたくし）	choices	選擇項目
24	総体的に （そうたいてき）	as a whole	總體的
	密着する （みっちゃく）	to be closely related	緊密相連
25	依存度 （いぞんど）	the degree of dependence	依存度
26	多様化 （たようか）	diversification	多樣化
	不可欠な （ふかけつ）	indispensable	不可缺少
27	浸透する （しんとう）	to spread	滲透
	脅かす （おびや）	to threaten	威脅

※2 教養 knowledge,intellect 教養
きょうよう

情報 information 資訊
じょうほう

解説 commentary explanation 解説
かいせつ

慰安 solace,healing 安慰
い あん

構　造

◆　論の展開　①
　　てんかい

　書き手は自分の考えを読み手にわかりやすく述べるために、次のような順序で論を進め
　　　　　　　　　　　　　　　　　　　　　　　　　の
ていくのが一般的である。
　　　　　いっぱんてき

序論　1.話題背景（これから話す内容について、読み手に必要な情報を示す）
じょろん　　わだいはいけい

　　　2.問題提起（読み手に問題を投げかける）　問大さく（問題長給読者）
　　　　もんだいていき

本論—3.論　　拠（事実をあげながら、問題に対する筆者の考えを述べていく）
　　　　ろん　きょ　　　じじつ　　　　　　　　　　　　　　　　　　ひっしゃ

結論—4.結　　論（問題に対する答えを述べる。全体をまとめる）

【問い】（　　　　）に段落の番号を書きなさい。また、 a～eに適当な言葉を入れ、内容
　　　　　　　　　だんらく
を簡単にまとめなさい。

1．話題背景：段落（　Ⅰ　） 　　a. 情報獲得 の手段が大きく変化してきた。	

⇩

2．問題提起：段落（　Ⅴ　） 　　今、テレビは b. 今人々にとってとのような存在であるのか	

⇩

3．論　　拠：段落（　Ⅵ～Ⅶ　） 　　調査項目［視聴時間・c.普及度・インターネット使用の現状・d.　　　　］ 　こうもく　しちょう	

⇩

4．結　　論：段落（　Ⅷ　） 　　テレビは現在も e. 日本人にとって生活に密着したメディア	

内容理解

1.　次の調査項目について、a～cのうち、正しいものを選びなさい。

(1)　視聴時間
しちょう

　　a.　高年齢の女の人に長時間視聴が多い。
　　　こうねんれい

　　b.　平均4時間以下の人が増加した。
　　　へいきん

　　c.　平均4時間長くなった。

(2)　テレビの重要性

　　a.　今回の調査ではじめて「なくてはならないもの」と答えた人が減少した。　増加

　　b.　2000年の調査で「なくてはならないもの」と答えた人は、前回の調査と同じ割合
　　　　で、伸びは見られなかった。

　　c.　「なくてはならないもの」という回答は、70歳以上の女性に多く見られる。

(3)　インターネット使用の現状

　　a.　インターネットを使用している人は半数を超えた。

　　b.　インターネットを週に1回以上使う人はまだ少ない。すぎない

　　c.　インターネットを使用している人の中には不便を感じている人が多い。

(4)　目的によるメディアの使い分け

　　a.　図6から、メディアの中では、テレビがさまざまな目的にもっとも幅広く利用さ
　　　　れていることがわかる。　　　　　　　　　　　　　　　　　　はばひろ

　　b.　テレビは〈報道〉や〈交流〉の目的で、一番利用されているメディアである。

　　c.　目的による使い分けには大きな違いは見られない。

2.　（　　　　　）に適当な言葉を入れ、筆者の結論を要約しなさい。
　　　　　　　　　　　　　　ことば　　　　　　　ひっしゃ

　　今のところ、テレビの役割はこれまでと同じように（a.　　　　　）と言える。特
に（b.　　　　　）にとって、テレビは重要な役目を果たしているようである。しか
し、重要性については、不可欠な存在であるという（c.　　　　　）が前ほどではな
　　　　　　　　　　　　　　　そんざい
いという結果となった。他のメディアが広まっていけば、テレビの必要性は今より
（d.　　　　　）てしまうのではないか。

◆ 文の構造分析
　一文が長いとき、一つ一つの単語を見るのではなく、かたまりに分けてとらえるようにするとよい。第3課での複文についての学習を参考にａ、ｂを分析しよう。

> ａ．[11]しかし、これを年齢別に分析すると、20・30代の若い年齢層と60代では、「あれば便利」が減少し、「なくてはならないもの」が増加していることがわかる。

⬇

> 　しかし、①これを年齢別に分析すると、
>
> ②20・30代の若い年齢層と　60代｝では、｛②「あれば便利」が減少し、「なくてはならないもの」が増加している｝③ことがわかる。

【構造分析】

① 「〜すると、……がわかる」がこの文の基本構造である。

② 「と」・「〜し（て）」が並列関係を作っている。

　　　20・30代の若い年齢層　（と）　　60代

　　「あれば便利」が減少し、「なくてはならないもの」が増加している

③ 「こと」が文を名詞のかたまりに変えている。

　　　〜では、……ことが　わかる

> ｂ．[12]これには、若い層にとっては、テレビは生まれたときからごく自然にそばにあるということや、若者向けに製作された番組が多いということが原因としてあるように思われる。

⬇

> これには、｛②若い層にとっては、テレビは生まれたときからごく自然にそばにあるということや、
>
> 　　　　③若者向けに製作された番組が多いということ｝
>
> が原因としてある
>
> ①ように思われる。

【構造分析】
（こうぞうぶんせき）

① 〔　　　〕の部分が思ったことを示している。

　　〔　　　　　　　　〕ように思われる。

② 「～ということ」が２つ続き、並列関係を作っている。
（へいれつ）

　　～ということ　や　～ということ

③ 「若者向けに製作された」が「番組」を修飾している。
（しゅうしょく）

　　「若者向けに製作された　|番組|」

《練習》　次の文を分析しなさい。

(1) 半世紀の歴史を迎えるテレビは、高年齢層の人々には、最も手軽に社会で起こった情報
（むか）　　　　　　　　　（こうねんれいそう）

が得られるという点や、話し相手の代わりになるという点で非常に役立っている。

(2) メディアの多様化により、これまでのような不可欠な存在であるという意識は、今後あ
（いしき）

まり期待できなくなるのではないかという一面も見受けられる。

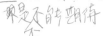
言葉の練習

図表説明によく使われる表現

1.　数値表現
　　（すうち）

(1)　・上昇率は 20% であった。　　　　　　　・上昇率は　20%　の値を示した。
　　　（じょうしょうりつ）　　　　　　　　　　　　　　　　　　　　（あたい）
　　　・上昇率は 20% 以上であった。　　　　　・上昇率は　20%　以下であった。

(2) a．数値が大きいという気持ちを含んだ表現　　b．数値が小さいという気持ちを含んだ表現
　　　　　　　　　　　　　　　　　（ふく）
　　　・上昇率は 20% に（も）達した。　　　　　　・上昇率は　20%　にすぎない。
　　　　　　　　　　　　　　（たっ）
　　　　上昇率は 20% に（も）及んだ。　　　　　　・上昇率は　20%　にとどまった。
　　　　　　　　　　　　　　　（およ）
　　　・上昇率は 20% を超えた。（＞20%）　　　　・上昇率は　20%　に満たない（＜20%）
　　　　　　　　　　　　（こ）　　　　　　　　　　　　　　　　　　　（み）
　　　　　　　　　　　　　　　　　　　　　　　　・上昇率は　20%　足らずであった。（＜20%）

53

(3)　その他

・Aは全体の６割（60%）を占めている。（図１）

・Bの伸びはAを上回っている。⇔下回っている。（図２）

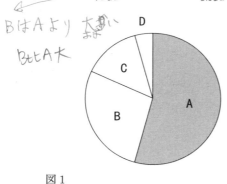

図１

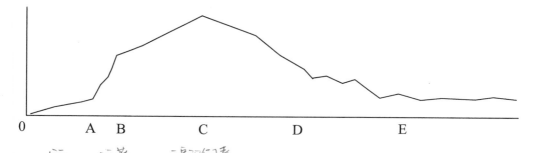

1995年
2000年

図２

2.　推移（時間の流れによる変化）を表す表現

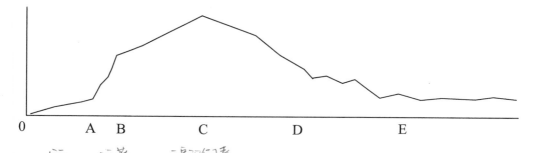

0　　　　A　B　　　　　C　　　　　　D　　　　　E

・Aを境に　著しい増加を見せた／　著しく増加した／　顕著な増加が見られた。

・その後もCまでは　増加する一方※1である／増加の一途をたどっている。

・Cをピークに　下降しはじめ、Dでは減少傾向にある。

・E以降は横ばいである／横ばい状態が続いている／ほぼ一定である。※2

※1　この「一方」は「Aは増加した。一方、Bは減少した。」の使い方とは違う。

※2　「ほぼ一定である」は実験型の論文によく使われる。

第6課　　フリーター

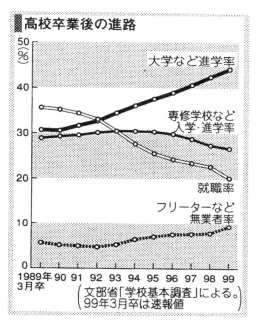

■高校卒業後の進路

大学など進学率

専修学校など
入学・進学率

就職率

フリーターなど
無業者率

1989年　90　91　92　93　94　95　96　97　98　99
3月卒

（文部省「学校基本調査」による。
99年3月卒は速報値）

（朝日新聞1999.11.7の記事より）

> ## 読む前に

1.　「アルバイト」、「パート」という言葉を知っていますか。

2.　「アルバイト」や「パート」のほかに、最近、フリーアルバイター（略して「フリー
　　ター」）という言葉もよく聞かれるようになりました。これは英語の free とドイツ語の
　　Arbeiter とを組み合わせて作られた新しい言葉ですが、どんな意味だと思いますか。

3.　上の図は、高校卒業後の進路を示した図です。どのような傾向が見られますか。

兵役
へいえき

高齢化 → 老人福祉
ふくし

最近、高校や大学を卒業しても、就職も進学もしないで、アルバイトをして生活する人が増えている。それはなぜなのだろう。

序

I　¹中高年の失業が社会問題化する陰で、若者の就職動向にも大きな異変が起きているという。²中でも注目すべきなのは、いわゆる「フリーター」の存在である。³「フリーター」とは高卒者を中心とした、学校を卒業しても進学も就職もせず、アルバイトで収入を得て生活する若者のことである。⁴その数はここ数年急増しており、1997年で151万人と推計されている。⁵その背景には何があるのだろうか。⁶ここでは求人率の変化、若者の意識変化、雇用構造の変化の３つの面からフリーター急増の原因を探る。

（1）高卒求人の変化

II　⁷このところ、新卒者の就職は非常に厳しい。⁸特に、高卒者の就職難は深刻である。⁹労働省のまとめによると、1999年夏の時点での求人倍率は全国平均で0.62倍であった。¹⁰すなわち、これは、100人の学生に対し、62人分しか求人がないということである。¹¹1992年の求人倍率が３倍であったのと比べると、著しい減少である。

III　¹²この求人率の激減は、即戦力にはならない採用を控えようとする企業側の考えが大きく関係しているように思う。¹³高校を出たばかりの新卒者は、十分な知識も技術もないため、入社後しばらくは教育せねばならない。¹⁴不況下の現在、企業側にとって、それは予算的にも時間的にも重荷であると言わざるを得ない。¹⁵その結果、定職に就けない高卒者が多く現れることになる。¹⁶求人率の低下が、彼らにフリーターという形を選択させてしまっているのではないか。

（2）若者の意識変化

採用されないから

IV　¹⁷フリーターという形を選ぶ理由には、「自分の夢を実現させるための過程として」、「いずれは正社員になりたいが、今は無理なのでしかたなく」といったものがあるが、ある調査で最も多かったのは、「自由な生活がしたいから」だったという。¹⁸また、一か月の平均収入は10数万ほどであるが、フリーターの８割は家族と一緒に住んでおり、一人暮らしよりは生活費がかからない。¹⁹これらを考え合わせれば、自由に今を楽しみたいという若者にとっては、適度な収入も得られ、自由もあるというフリーターという身分

好き

没辦法

リストラ有経験

56

は心地良いものにほかならない。

V　²⁰また、企業に就職しても２、３年たつと、高卒者の５割、大卒者の３割が辞めてしまうという離職率の高さにも着目すべき点がある。²¹しかも、そのほとんどの場合は自分から辞めてしまうのである。²²これは景気が悪く、就職が難しい状況でも変わりがない。²³今日、転職も珍しいものではなくなったが、中高年が企業の経営上の理由により、辞めさせられている状況とは全く逆の現象である。²⁴そこには、以前のように「会社のために働く」、「定年までこの会社で働く」といった意識は感じられない。²⁵「自分に合わない仕事なら、やめる。フリーターでもして何とか暮らそう」という若者の存在もフリーター増加につながっているのではないか。²⁶従来の「定職」、「終身雇用」を重んじる考え方は、彼らには意味がないことなのであろう。

（３）雇用構造の変化

VI　²⁷企業の経営不振を立て直すために、現在、リストラ（restructuring）が積極的に行われている。²⁸企業側は新しい社員の採用をせずに、パート、アルバイト、そして、フリーターなどの臨時的な力を多用することで労働力を確保しようとしている。²⁹そのほうが人件費の節約につながるからである。³⁰労働省による1999年の調査では、雇用者全体に占めるパート・アルバイトの割合は20.3％となっており、その割合は年々上昇している。³¹このような雇用形態の変化が、臨時的な雇用であるフリーターを受け入れる土壌を作り、増加させる要因を作ってしまっていると言える。

VII　³²以上、３つの面からフリーター急増の原因をそれぞれ考えてきた。³³しかし、実際にはこれら３つが個々に存在しているのではなく、複雑に作用し合い、フリーター急増へ結びついたと思われる。

（朝日新聞「ウィークエンド経済」1999.11.7、労働省平成12年度版『労働白書』を参考）

【語　句】

1	陰 かげ	behind	背後
	就職動向 しゅうしょくどうこう	employment trend	就業動向
	異変 いへん	something unusual	異常變化
3	収入 しゅうにゅう	income	収入
4	推計する すいけい	to guess, to estimate	推算

6	求人率 きゅうじんりつ	help-wanted rate	徵才率
	雇用構造 こようこうぞう	a structure of employment	僱用結構
	探る さぐ	to search,to explore	探求
7	このところ	these days	最近
8	就職難 しゅうしょくなん	job shortage	就業困難
	深刻な しんこく	serious	深刻的
9	労働省 ろうどうしょう	the Ministry of Labor	勞動省
	全国平均 ぜんこくへいきん	national average	全國平均
12	即戦力 そくせんりょく	a immediately useful worker	即戰力
	採用 さいよう	employment	採用
	控える ひか	to cut down	控制
	企業 きぎょう	an enterprise, a corporation	企業
13	～ねばならない	must	必須
14	～下 か	under	之下
	重荷 おもに	burden	重擔
	～ざるを得ない え	cannot help but	不得不
15	定職に就く ていしょく つ	to get a permanent job	找到正式的工作
19	心地良い ここちよ	comfortable	舒適
	～にほかならない	to be nothing but～	一定
20	離職率 りしょくりつ	a rate of resigning from job	離職率
	着目する ちゃくもく	to take notice of	著眼
22	景気 けいき	economic condition	景氣
23	転職 てんしょく	change one's occupation	轉業
	逆の ぎゃく	opposite	相反
	現象 げんしょう	phenomenon	現象
26	従来の じゅうらい	former, conventional	以前的
	終身雇用 しゅうしんこよう	lifetime employment	終身僱用
	重んじる おも	to regard as important	重視
27	不振 ふしん	slack, be dull	蕭條
28	臨時的な りんじてき	part-time, temporary	臨時的

（handwritten: 楽しい朝を過ぎたがっています　楽しく暮らしたがっています）

	確保する <small>かくほ</small>	to secure	確保
29	人件費 <small>じんけんひ</small>	labor costs	人事費用
31	土壌 <small>どじょう</small>	ground	土壌
33	個々に <small>ここ</small>	separately, individually	個別地

構　造

◆　**論の方向を示す表現**

　事実（データ）についての説明や筆者の考えを示す文のほかに、どのように論を進める
か、筆者の意思を読み手に示した文がある。このような文に着目すると、論がどのように
発展するのかがつかみやすくなる。

（1）　⁶ここでは求人率の変化、若者の意識変化、雇用構造の変化の３つの面からフリー
　　　ター急増の原因を探る。

（2）　ＮＨＫ（日本放送協会）が1985年から５年ごとに行っている調査結果をもとに考え
　　　てみたい。（第５課「多様化の中のテレビ」）

（3）　いくつかの場合について具体的な例をあげ、考えてみよう。

（4）　最後に、今後の課題について述べておきたい。

◆　**事実（データ）と筆者の考え**

【問い】　Ⅱ～Ⅵの段落をデータ部分と筆者の考えの部分に分け、（　　　）に文の番号を
　　　書きなさい。

	論理展開	文の番号
(1)高卒求人の変化	データ 筆者の考え	（a. 7 ～　　　　） （b.　　　　　　　）
(2)若者の意識変化	データ 筆者の考え データ 筆者の考え	（c.　　　　　　　） （d.　　　　　　　） （e.　　　　　　　） （f.　　　　　　　）
(3)雇用構造の変化	データ 筆者の考え	（g.　　　　　　　） （h.　　　　　　　）

1. 本文の内容に合うものに○をつけなさい。

（　　）a.フリーターとは学校を卒業しても働かない高校卒業者のことである。

（　　）b.高卒の人は、専門的な知識や技術が足りないため、会社に勤めてもしばらく
　　　　　は知識や技術を身につける時間が必要である。

（　　）c.これまでのように一生同じ会社で働き続けるといった考え方は、若者の間で
　　　　　は薄れてきている。

（　　）d.フリーターの一か月の収入だけでは生活するのに足りない。

（　　）e.会社側はリストラした社員を自分の会社でフリーターとして働かせている。

2. 3つの視点からの原因分析を考えた場合、それぞれのキーワードとなる言葉は何か。
　a～gから選びなさい。

a．人件費節約	b．将来より今	c．専門的技能	d．適度な収入
e．離職率	f．臨時的な力の多用	g．即戦力不足	

　　(1)高卒求人の変化・・・（　　　　　　　　　　　　　　　　　　　　　）

　　(2)若者の意識変化・・・（　　　　　　　　　　　　　　　　　　　　　）

　　(3)雇用構造の変化・・・（　　　　　　　　　　　　　　　　　　　　　）

読むための文法

◆　文末表現①

　考えや意見を述べる際に、よく使われる文末の表現には次のようなものがある。

1. データから問題をどう考えるか（考察）

> ・Aは　Bと　考えられる。
>
> ・Aは　Bと　思われる。
>
> ・Aは　B（な）のではないか／なかろうか／ないだろうか。

例）・高卒の就職希望者はまだ十分な技術もないため、非常に不利だと考えられる。

　　・現実にはこれら3つが複雑に結びついて、急増へとつながったものと思われる。

　　・求人の激減が、フリーターを増やしているのではないか。

2. 最終的な結論（帰結）

| ・以上より／以上のことから | Aは　Bと　言える／言えよう／言えるだろう。 |
| ・したがって、これより | Aは　Bと　考えられる。 |

例）・つまり、このような雇用形態の変化がフリーターを増加させたと言えるだろう。

　　・以上のことから、若者の流動的な意識は、産業界の雇用変化を反映した結果、

　　　生まれてきたものと言えよう。

3. その他の表現

（1）～ざるを得ない

　　前に述べたことから考えて、当然のように出てきてしまう結論を表す。あるいは、

　したくはないが、ある理由・事情からしかたなくそうすることを表す。

例）・高卒の就職希望者はまだ知識も技術も足りない。このことから考えると、即戦

　　　力を求めている企業側には高卒者は時間的にも予算的にも重荷であると言わざ

　　　るを得ない。

　　・先生の命令なら、日曜日でも実験せざるを得ない。

　　・会議で決定したのだから、従わざるを得ない。

（2）～にほかならない

　　「～以外のものではない」と断定するとき、用いる。

例）・若者にとって、フリーターは適度な自由と適度な収入が得られる心地良いもの

　　　にほかならない。

　　・自然環境の破壊は人間の身勝手にほかならない。

　　・現在のような日本の発展は，多くの労働者の努力の結果にほかならない。

（3）～に違いない

「きっと～だろう」という強い推量を表すとき、用いる。

例）・今回の事件は、今後の学校の安全管理のあり方に深刻な影響を及ぼす<u>に違いない</u>。

・このまま何もしなければ、ますます温暖化は進み、世界各地で深刻な被害が出る<u>に違いない</u>。

言葉の練習

1. 下線の言葉と最も意味が近いものを選びなさい。

(1) <u>ここ数年</u>、フリーターが急増している。

〈 a.これからの数年　　b.これまでの数年　　c.1900年代　　d.この場所 〉

(2) <u>今日の</u>若者の意識は昔とは全然違う。

〈 a.このごろの　　b.そのときの　　c.日中の　　d.実際の 〉

(3) <u>従来の</u>考え方は、若者には通用しない。

〈 a.将来の　　b.未来の　　c.これまでの　　d.二次的な 〉

(4) 「終身雇用」を<u>重んじる</u>考え方

〈 a.慎重に考える　　b.大事だと思う　　c.嫌だと思う　　d.十分に考える 〉

2. 左の名詞に続く動詞を線で結びなさい。

(1)収入を・　　　　　　・a.得る

(2)原因を・　　　　　　・b.なす

(3)意味を・　　　　　　・c.探る

(4)異変が・　　　　　　・d.起きる

(5)個性を・　　　　　　・e.占める

(6)50%の割合を・　　　　・f.生かす

硬水 こうすい
軟水 なんすい　　　　遠藤

第7課　安全でおいしい水を飲むために

紙 ■で拭きます　　つよい の 紙（有号性的紙）
カミ　　　ふ　　　　強
撈手 → 手を拭く

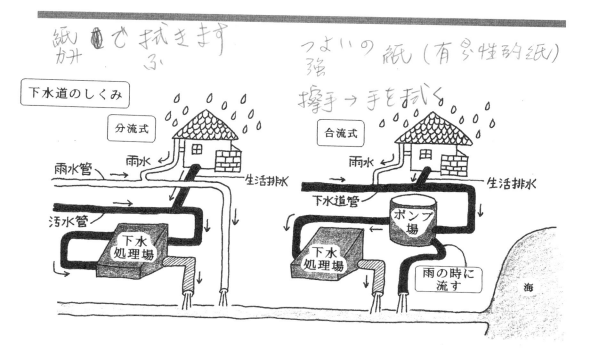

下水道のしくみ

分流式
雨水管
雨水
生活排水
汚水管
下水
処理場

合流式
雨水
田
下水道管
生活排水
ポンプ
場
下水
処理場
雨の時に
流す
海

＞＞＞　読む前に　＞＞＞

1. 日本の水道の水は、そのまま飲むことができますが、おいしいと思いますか。

2. 日本の台所やトイレから流れた水はそのあとどうなると思いますか。上図から考えま
しょう。

3. 「本文」に出てくる下のことばの意味を漢字から推測してみましょう。
すいそく

　異臭味　　病原性原虫　　生活排水　　塩素(Cl)消毒　　富栄養化　　強制力

63

水の問題に対して、筆者はどうすべきだと言っているか。

I　¹水道水のおいしさや安全性に関して、不安や不満を持っている人は多い。²厚生労働省の調査によれば、毎年約1千万人が「カビの臭いがする」などの異臭味の被害を受けている。³この被害は、主に水需要の多い関東や近畿地方などで報告されていたが、最近では全国規模となり、ますます深刻化している。⁴また、塩素消毒に伴う発がん性物質の生成や、病原性原虫クリプトスポリジウムによる集団感染など、水道水の安全性にも疑問が生じている。⁵これらの問題に対し、水道水を管理する市町村では、高額で高度な技術を導入し、解決しようとしている。

II　⁶しかし、それだけでは十分と言えまい。⁷水道水のおいしさと安全性を確保するために、技術的な面から早急に対策を講じなければならないことは言うまでもない。⁸だが、技術面の改善を言う前に、いかに汚れた水を流さぬようにするか、われわれの意識を根本的なところから変えていく必要がある。⁹水を利用するのも汚すのもわれわれ自身である。¹⁰一人ひとりが、より真剣に排水について考えることこそが最も重要なのである。¹¹そのためには、行政側も適正な排水対策について、今以上に十分な知識を多くの人に広く浸透させることが必要である。¹²また、これまで生活排水に対しては、法律における規制というものがなかったが、水質改善のためには、厳しい規制や指導を行うべきではないか。

III　¹³現在、台所、トイレなどからの生活排水対策は全人口の約6割に普及しているが、依然として生活排水の4割は未処理のまま流されている。¹⁴川や海の水質の汚れの原因は、この日常の生活排水によるところが大きい。¹⁵従来の生活排水対策は、有機物や濁りの処理を目的としていたため、植物プランクトンの増殖防止につながる処理は進んでいない。¹⁶また、農業・畜産排水に対する対策も万全でない。¹⁷そのため、閉鎖的な水域に汚れた物質が蓄積し、いわゆる富栄養化という状態を引き起こし、水質をますます悪化させている。

IV　¹⁸そして、この富栄養化が植物プランクトンを増やす原因となっている。¹⁹その中にはカビ臭の原因物質をつくり出す微生物もいる。²⁰また一部の微生物は非常に毒性が強いことが証明されており、世界保健機関（WHO）では水道水の水質基準値を設定してい

る。[21]一方、病原性原虫クリプトスポリジウムによる感染も下水や畜産排水などによる水質の汚れが原因である。[22]この原虫は塩素消毒に強く、短期間に体内で急増し、下痢や腹痛を起こさせる。[23]対策には、オゾン消毒か、大きさが1,000分の5mmという原虫を通さない高度な膜処理技術が必要になってくる。[24]われわれの流す排水が、このような重大な問題を引き起こす要因となってしまうことを、どれほどの人が知っているのだろうか。

V　[25]また、工場排水については法律や条例などで厳しく規制や指導が行われているものの、生活排水については、法律上も「努力する」「協力する」といった程度の表現にとどまり強制力は弱い。[26]使い終わった油500mℓをそのまま流せば、魚が住める水質にするのに100,000ℓもの水が必要になるというが、軽い気持ちで捨ててしまっている人は意外に多いのではないか。[27]不注意な行動が深刻な害をもたらすことに気づいてもらう点からも、厳しい規制が必要である。

VI　[28]水道水の安全性やおいしさに関する問題は、水質の悪化とそれに伴う水の生態系の崩壊に起因しているが、もとをたどれば、われわれが流した汚れた水が原因である。[29]おいしく安全な水を口にするためには、一人ひとりの心がけが何よりも不可欠なのである。

【語　句】

2	厚生労働省	Ministry of Health, Labor and Welfare	厚生勞動省
	カビ mold	（カビの臭い：musty odor）	霉
	異臭味	offensive odor	異臭
	被害	damage	受害
3	水需要	demand for water	供水需求
	関東	the Kanto district	關東地區
	近畿地方	the Kinki district	近畿地區
	全国規模	a national scale	全國規模
	深刻化する	to become serious	嚴重化
4	塩素消毒	chlorine disinfection	氯氣消毒
	発がん性物質	carcinogenic substance	致癌物
	生成	creation	生成

	病原性原虫 びょうげんせいげんちゅう	pathogenicprotozoa	病原性原蟲
	クリプトスポリジウム	Cryptosporidium 病原性原虫の一種の名前	隱孢子蟲
	集団感染 しゅうだんかんせん	mass infection	集體感染
5	高額な こうがく	expensive	高額
	導入する どうにゅう	to introduce	導入
7	早急に さっきゅう	in a hurry	緊急
	対策を講じる たいさく　こう	to think for a measure	想對策
8	改善 かいぜん	improvement	改善
	いかに	how	如何
	根本的な こんぽんてき	fundamental	根本
10	真剣に しんけん	seriously	認真地
	排水 はいすい	drainage	排水
11	行政側 ぎょうせいがわ	administration side	行政部門
12	規制 きせい	regulation, control	限制
13	依然として いぜん	still, even today	依然
	未処理 みしょり	not treated	未處理
14	〜による	be caused by	由於
15	有機物 ゆうきぶつ	organic matter	有機物
	濁り にご	turbidness	渾濁
	プランクトン	plankton	浮游生物
	増殖防止 ぞうしょくぼうし	prevention of multiplication	防止增埴
16	畜産排水 ちくさんはいすい	livestock effluent	畜牧排水
	万全な ばんぜん	secure	萬全
17	閉鎖的な へいさてき	closed	封閉的
	蓄積する ちくせき	to accumulate	積蓄
	富栄養化 ふえいようか	eutrophication	營養過剩
	富(full,rich) + 栄養(nourishment) + 化(-ization)		
19	微生物 びせいぶつ	microbe	微生物
20	毒性 どくせい	poisonous	毒性
	証明する しょうめい	to prove	證明

	基準値 <small>き じゅん ち</small>	a standard value	基準値
	設定する <small>せってい</small>	to set	設定
22	原虫 <small>げんちゅう</small>	protozoa	原蟲
	下痢 <small>げ り</small>	diarrhea	瀉肚子
	腹痛 <small>ふくつう</small>	stomachache	腹痛
23	膜処理技術 <small>まくしょり ぎじゅつ</small>	membrane separation technology	膜處理技術

膜（film）＋処理（treatment）＋技術（technique）

25	協力する <small>きょうりょく</small>	to cooperate	協助
	強制力 <small>きょうせいりょく</small>	compulsion	強制力
27	害 <small>がい</small>	damage	危害
28	生態系 <small>せいたいけい</small>	ecosystem	生態系
	崩壊 <small>ほうかい</small>	breakdown, collapse	崩潰
	起因する <small>き いん</small>	to be caused by	由……引起
	たどる	to search, to follow up	追溯
29	心がけ <small>こころ</small>	attention, care	用心

構　造

◆　**論の展開　②**
<small>てんかい</small>

　ある問題に対して反論したり、強い意見や主張を述べるような場合には、筆者の結論となる意見・主張が序論のあとに置かれることがある。

【問い】　各段落の要約文を次のア〜カから選び、本文の論の展開をまとめなさい。

(1) 背景説明	段落Ⅰ（　ア　）
(2) 意見・主張	Ⅱ（　　　）
(3) 論拠（理由）	Ⅲ（　　　）
	Ⅳ（　　　）
	Ⅴ（　　　）
(4) まとめ	Ⅵ（　　　）

ア．おいしさと安全性に関していろいろな問題が出てきているが、市町村では、値段の高
い高度な技術を使い、これらの問題を解決しようとしている。

イ．水道水のおいしさと安全性に関する問題は、結局はわれわれの排水が原因である。何
より大切なのは一人ひとりの心がけだ。

ウ．新しい技術導入だけでは不十分である。一人ひとりの意識を根本的なところから変え
ていかなければならない。それには、行政側が人々に十分な知識を与えることと、よ
り厳しい規制が必要ではないか。

エ．閉鎖的な水域での富栄養化が、植物プランクトンを増やすことになる。カビの臭いを
つくり出す微生物もいる。また、原虫による下痢や腹痛も水質の汚れが原因で起こる。
これらはわれわれの流す排水がもともとの原因である。

オ．処理されずに流れた排水中の汚れは、閉鎖的な水域で蓄積され、富栄養化という状態
をつくり、水質を悪化させている。

カ．生活排水については厳しい規制がなく、軽い気持ちで捨てている人がいるのではない
か。厳しい規制が必要だ。

内容理解

a～dに適切な言葉を入れ、筆者が「一人ひとりの意識を変えることが重要」と主張す
る理由をまとめなさい。

（1）Ⅲ、Ⅳ段落

・川や海の汚れは（a.　　　　）によるところが大きい。

・生活排水
　農業・畜産排水　┐→（b.　　　　）な水域に流れる　→　汚れた物質が蓄積する
　　　　　　　　　　　　　　　　　　　　　　　　　　　　　　　↓
　　　　　　　　　　富栄養化により、（c.　　　　　）が悪化
　　　　　　　　　　　↓　　　　　　　　　　　　　　↓
　　カビの臭い　←　植物プランクトンが増える　　　原虫による感染

68

⇨われわれの捨てた排水が原因で重大な問題が起きている。

（2）Ⅴ段落

　　・生活排水に関して、法律での（d.　　　　　）は弱い　→　軽い気持ちで捨てている

⇩

もっと厳しい規制が必要

読むための文法

◆　文末表現②

1.　意見・主張の表現

　意見・主張を表す文末表現には次のようなものがある。

（1）〜なければならない／〜ねばならない

・水道水の安全性を確保するために、早急に対策を講じ<u>なければならない</u>。

・たばこを吸う若者には、たばこを吸うことのマイナス面を今以上に認識させ<u>ねばならない</u>。

（2）〜べきだ／〜べきである／〜べきではないか／〜べきではないだろうか

・入学試験の結果は、すべて学生に公表す<u>べきだ</u>。

・厳しい規制を行う<u>べきではないか</u>。

（3）〜（すること）が必要だ／〜が必要である／〜（する）必要がある

・さまざまな面から検討すること<u>が必要だ</u>。　・さまざまな面からの改善<u>が必要である</u>。

・人々にもっと広く知らせる<u>必要がある</u>。

（4）〜たほうがいい／〜たほうがいいのではないか／〜たほうがいいのではないだろうか

・責任が誰にあるのか、明確にし<u>たほうがいい</u>。

・責任が誰にあるのか、明確にし<u>たほうがいいのではないか</u>。

・責任が誰にあるのか、明確にし<u>たほうがいいのではないだろうか</u>。

※「〜ないか」「〜ないだろうか」のように「ない」が加わると、表現自体は肯定の意味

であるが、全体の意味が弱まる。

例）①もっと勉強すべきだ。　②もっと勉強すべきではないのか。

言いたいことはどちらも「勉強しろ」ということであるが、②のほうは①ほど断言的ではない。

2. **反語疑問文**（形は疑問形であるが、疑問文で提示されたことと反対のことを強く言いたいときに用いる表現）

・新聞や雑誌は、事故の原因は技術者の社会に対する無責任さにあると言っているが、<u>本当にそうだろうか</u>。（そうではないだろう。それは違う。）

・このような工業の発達が環境破壊をもたらしてしまうことを<u>だれが予想しただろうか</u>。（だれも予想しなかったのだ）

・多くの収入が得られ、ものが豊かにあれば、<u>我々は幸せであると言えるのであろうか</u>。（それだけで幸せであるとは言えない。）

3. **その他の表現**

(1) ～は言うまでもない（わざわざ言わなくてももう誰でもよくわかっている）

・日本語を理解するためには、文法的な知識だけではなく、文化的な知識も必要なこと<u>は言うまでもない</u>。

・税金を納めることは、<u>言うまでもなく</u>、国民の義務である。

(2) ～まい　（「～ないだろう」という推量を表す。）

・それだけで十分だとは<u>言えまい</u>。

・この問題は簡単には<u>解決すまい</u>。

※1. Ⅱグループ（一段動詞）の動詞の場合、「見まい」「出まい」という言い方と「見るまい」「出るまい」という言い方がある。同様に、Ⅲグループ（サ変、カ変）の動詞の場合は「すまい」「来まい」と「するまい」「来るまい」という言い方がある。「辞書形＋まい」は最近の言い方である。

※2.「～まい」には「～しないようにしよう」という話し手の意志を表すものもある。

70

ただし、この意味での使用は、論文やレポートではほとんど見られない。

・二度と同じ間違いはすまい。　　　・危険だから、もうここには来まい。

言葉の練習

1. 下線部分が表す意味内容に気をつけながら、□□□□□に入る、適切な言葉をa〜cから選びなさい。答えは1つとは限らない。

(1) 被害は、最初、関東地方で報告されていたが、今日では全国的なものとなり、□□□□□している。

〈　a. 深刻化　　b. 拡大化　　c. 近代化　〉

(2) 最近では、発がん性物質が見つかったり、原虫による集団感染が発生したり、水道水の安全性に□□□□□。

〈　a. 不安が感じられる　　b. 疑問がある　　c. 心配である　〉

(3) 大きさが1000分の5mmという非常に小さな原虫を通さないようにするためには、□□□□□処理技術が必要になる。

〈　a. レベルの高い　　b. 部分的な　　c. 明確な　〉

(4) 工場排水には規制があるが、生活排水については法律上「努力する」「協力する」といった程度の言葉しかなく、□□□□□。

〈　a. 規制は強い　　b. 強制的なものである　　c. 厳しさはない　〉

第8課 「まじめ」という言葉

誠実的人、無趣味的人

A：田中さんもパーティーにさそう？

B：えっ、田中さん？
田中さん まじめだ
からなあ。

読む前に

1. 上の絵で、Bさんは田中さんをパーティーにさそうことに賛成でしょうか。

2. 下のような会話を聞いたことがありますか。あなたも「マジ？」という言葉を使った
   ことがありますか。

   A：明日テストあるって知ってた？

   B：えっ、マジ？　聞いてないよ。

本　文

「まじめ」という言葉はあるときから、使い方が変わってきた。どのような原因で使い方に変化が起こったのか。

Ⅰ　¹「まじめ」という言葉の使い方には、ここ数十年の間に、二つの変容が見られる。
²一つは「まじめ」という意味の否定的な使い方であり、もう一つは「マジ」という言葉の出現である。

Ⅱ　³「まじめ」は、辞書では次のように定義されている。

まじめ【真面目】①ふざけた気持ちでなく、本気であるようす。「―な顔をして話す」②まごころがあって、誠実なこと。「―に働く」⇔不真面目　◆「まじまじとものを見る目」の意味からできた語。

（大野晋他編（1995）『角川必携国語辞典』）

⁴このように、「まじめ」は本来、プラスの評価を意味することばである。⁵しかし、近年、特に若者の間では、マイナス評価の意味で使う用法が増えている。⁶例えば、「Aさんはどんな人？」と聞かれ、「まじめな人」と答えれば、それはAさんをほめた表現のはずである。⁷だが、最近では、「まじめなだけで、冗談もわからないつまらない人」という意味で使われることも多くなってきたのである。⁸これは一体どのような事情によるのだろうか。

Ⅲ　⁹千石（1991）は歴史的な変遷を通し、若者の価値観を分析しているが、これについては、1977年頃の意識調査から明らかな変化がみられると述べている。¹⁰千石によれば、1960年代、日本は高度経済成長への道を歩んでおり、人々はまじめに努力し、勤勉に目的に向かって働いていた。¹¹欧米に追いつけ追い越せのこの時代には、学ぶことに価値があり、勉強がよくできる人はみんなに尊敬され、クラスのリーダーとなった。¹²しかし、1973年には第1次オイルショックが日本を襲い、経済は低成長期を迎えた。¹³このころから勤勉であることの価値が大いに揺らぎ、子どもたちの間でも勉強のできる子はあまり好かれなくなった。¹⁴また、子どもらは耐える、努力する、練習するといったそれ自体に面白みがないことにはその価値を拒否しだしたという。¹⁵そして、テレビの世界では、まじめに働くよりも「遊びたい」「おいしいものを食べたい」「面白いことをしたい」という人々のホンネを率直に語るタレントに人気が集まった。¹⁶そのころから、「まじめ」

というタテマエは崩壊したという。

Ⅳ [17]千石のこの説明に従えば、おそらくこの時期に「まじめ」という言葉に否定的な要素が加わったと考えることができるだろう。[18]すなわち、社会的背景の中で、「まじめ」であることの価値が低下し、それにともない「まじめ」ということば自体にも新しい意味が生まれたと思われる。

Ⅴ [19]一方、「本当」「本気」の意味を表し、疑問文によく現れる「マジ」については、いつどこから使われだしたのか、詳しい資料はほとんどない。[20]しかし、米川（1996）は、1970、80年代からの若者ことばの特徴の一つとして、「ノリ」※を挙げている。[21]米川によると、80年代は若者が消費を楽しんだ時代であり、明るく、おしゃべりな若者には、そのときそのときの「ノリ」が非常に重要視され、テンポ良く話すために省略語も多用されたという。[22]したがって、「まじめ」が「マジ」へと変化したのもこのような理由が影響しているのではないかと思われる。[23]つまり、「ノリ」を重んじるために、「まじめな気持ちで（本気で）言っているの？」というべきところを、「マジ？」とわずか2文字に省略したと考えられるのである。

Ⅵ [24]今日、日本人は「まじめであること」に以前ほど価値を感じなくなっている。[25]その一つの表れが「まじめ」という言葉の変容である。[26]「まじめ」という言葉に、「まじめなだけでつまらない人」という否定的な意味を加え、また、「ノリ」とともに用いられる言葉「マジ？」をつくりだした。[27]これらは、日本人の「まじめ」に対する態度が変わってきたことを、明確に反映したものと言えよう。

（大野晋他編『角川必携国語辞典』、千石保『「まじめ」の崩壊』サイマル出版、米川明彦『現代若者ことば考』丸善ライブラリーより引用）

注
※「ノリ」とは、「乗り」とも書き、「ノリがいい／悪い」のように使う。動詞は「乗る」で、「リズム（rhythm）に乗る」のように調子にうまく合わせるという意味で用いられる。

【語　句】

1	変容	transformation, change	變化
2	否定的な	negative	否定的
3	ふざける	to flirt, to joke around	開玩笑
	本気	serious	認真的

	まごころ	caring heart	真心
	誠実	sincere	誠實
	まじまじと見る	to stare at	目不轉睛
7	冗談	joke	玩笑
9	変遷	transition	變遷
	分析する	to analyze	分析
10	高度経済成長	a high economic growth	高度經濟成長
	勤勉に	diligently	勤奮地
11	欧米	Europe and America	歐美
	追いつく	to catch up with	趕上
	追い越す	to surpass	超越
	価値	worth, value	價值
	尊敬する	to respect	尊敬
	リーダー	a leader	領導人
12	第１次オイルショック	the 1st oil crisis	第一次石油危機
13	揺らぐ	to sway	動搖
	好く ××に好がています	to like	喜歡
14	耐える	to bear	忍耐
	面白み	attractiveness	趣味
	拒否する	to refuse	拒絕
15	ホンネ	real intention	真心話
	率直に	frankly, straightforwardly	直率地
	タレント	TV personality	藝人
16	タテマエ	a superficial image	場面話
	崩壊する	to collapse	崩潰
21	消費	consumption	消費
	テンポ	tempo	步調
27	明確に	clearly	明確地

◆ 引用
<ruby>引用<rt>いんよう</rt></ruby>

　<ruby>文章<rt>ぶんしょう</rt></ruby>を読む<ruby>際<rt>さい</rt></ruby>には、引用部分とそうでない部分とを区別して読むことが必要である。論文や専門書などで、引用を表す際には、次のような表現が使われている。

1. 文章をそのまま**引用している場合**

(1)**引用文が短いとき**：「　」を使って、そのままもとの文章が書いてある。出版年の次に、ページ数が書かれていることもある。

> ・　　引用文献の著者　　（出版年）は「□□□□□□□□」と　述べている。

　　例）米川（1996）は「若者語を歴史的に見た場合、それは日本の近代化によって生み出されたと考えられる」と述べている。

(2)**引用文が長いとき**：2字分下げて、引用した文が書かれている。関係のない部分を省略してあるときには、（前略）（中略）（後略）ということばが使われている。

> ・　　引用文献の著者　　（出版年）（で）は、次のように　述べている／書かれている／定義している。
>
> 　　　　□□□□□□□□引□□□□□用□□□□□文□□□□□□□□□□□□．
> 　　　　□□□□□□□□□□□□□□□□□□□□□□□□□□□□□□□□□

　　例）若者語について、米川（1996, p.12）は次のように定義している。

　　　　　　　若者語とは中学生から30歳前後の男女が、仲間内で、会話<ruby>促進<rt>そくしん</rt></ruby>・<ruby>娯楽<rt>ごらく</rt></ruby>・<ruby>連帯<rt>れんたい</rt></ruby>・イメージ伝達・<ruby>隠蔽<rt>いんぺい</rt></ruby>・<ruby>緩衝<rt>かんしょう</rt></ruby>・<ruby>浄化<rt>じょうか</rt></ruby>などのために使う、<ruby>規範<rt>きはん</rt></ruby>からの自由と遊びを<ruby>特徴<rt>とくちょう</rt></ruby>に持つ特有の語や言い回しである。個々の語について個人の使用、言語<ruby>意識<rt>いしき</rt></ruby>にかなり<ruby>差<rt>さ</rt></ruby>がある。また時代によっても違う。若者ことばともいう。

2. 内容を要約して**引用している場合**

　書き手の言葉で内容が要約されている。

> ・　　引用文献の著者　　（出版年）によると／によれば、□□□□要□約□文□□□□（という）。
> ・　　引用文献の著者　　（出版年）は、□□□要□約□文□□□としている／と考えている／と説明している／と<ruby>分析<rt>ぶんせき</rt></ruby>している。

　　例）米川（1996）によると、<ruby>明治<rt>めいじ</rt></ruby>時代においても女子学生が男子学生のことばを用いている例が見られる。

・米川（1996，p.130）は、1980年代はほかの時代よりもさらに女性が新しい若者語を造り出した時代だと分析している。

【問い】引用部分に注意しながら「本文」について、下の表をまとめなさい。

Ⅰ　話題説明	・「まじめ」ということばには d.＿＿＿＿＿ が見られる。
Ⅱ　「まじめ」ということばについて： （a.＿＿＿＿）を引用 問題提起	・「まじめ」の定義紹介：辞書には e.＿＿＿＿ しかない。 ・今日では f.＿＿＿＿ の意味にも使われている。これは、どのような事情によるのか。
Ⅲ　（b.＿＿＿＿）を引用	・1977年頃から g.＿＿＿＿ が見られる。
Ⅳ　引用にもとづいた筆者の考え	・この時期に h.＿＿＿＿＿＿＿。
Ⅴ　「マジ」ということばについて： （c.＿＿＿＿）を引用 「マジ」についての筆者の推測	・若者語の特徴として i.＿＿＿＿ を挙げている。 ・「まじめ」が「マジ」となったのも j.＿＿＿＿ に関係がある。
Ⅵ　まとめ	・２つの変容は、日本人の「まじめ」に対する態度が変わってきたことを示すものである。

内容理解

1. 引用した文献を参考に1960年以後の人々の変化についてまとめなさい。

1960年代	高度経済成長期	・人々は（b.＿＿＿＿）
1973年	第1次オイルショック 経済は（a.＿＿＿＿）	・このころから（c.＿）であることの価値が変わる。勉強ができる子どもが尊敬されなくなる。面白みがないことは拒否。テレビで（d.＿＿＿＿）を言うタレントが人気。
1977年頃		・意識調査に変化が見られる。
1980年代	若者が消費を楽しんだ時代	・若者ことばの（e.＿＿＿＿＿）の1つとして、「ノリ」が挙げられる。

77

2. 筆者の考えと同じものに○をつけなさい。

（　　　）　a．「まじめ」に否定的な意味が生まれたのは、1960年ごろからだと考えられる。

（　　　）　b．「まじめ」が「マジ」という形を生んだのは、若者が会話で重要視する「ノリ」と関係がある。

（　　　）　c．「まじめ」ということばにマイナスの意味が加わったり、「マジ」ということばが生まれたりした原因には、「まじめ」に対する価値観の変化がある。

読むための文法

◆　接続表現と予測

次の文の後半の3つの続き方に注目しよう。

日本の夏の気温が日中30℃を超えることはよくあることである。

➤　しかし、　昨年は冷夏で、30℃を超えたのはわずか2日であった。

➤　しかも、　空気が湿っているため、非常に蒸し暑い。

➤　また、　夕方、急に激しい雨が降ることも多い。

　文章を読む際に、接続表現に気をつけると、次に書いてあることが予測できる。これは、文レベルはもちろん、段落の関係においても言えることである。

1.　接続表現のタイプ

イメージ記号	働き	例
(1)　A、B	AとBを並べる	および、また
(2)　A＋B	AにBを足す	そして、さらに、しかも、その上、かつ
(3)　A∴B	Aの結果、Bになる	したがって、よって、ゆえに
(4)　A∵B	Aの理由をBで示す	なぜなら、なぜならば、というのは
(5)　A⇔B	AとBは反対	けれども、しかし、だが、しかしながら、が、逆に、にもかかわらず、〜ものの、ところが
(6)　A→B	Aの次にBがくるという順序を示す	まず、次に、ついで、そして、それから
(7)　A／B	AかBのどちらか	または、あるいは、もしくは、ないしは

⑧	Ａ；Ｂ	Ａの内容にＢで条件をつけたり、限定したり、補足したりする	ただし、なお、ちなみに
⑨	Ａ∽Ｂ	Ａの内容をＢで言い換える	すなわち、つまり、言い換えれば、換言すれば
⑩	Ａ☞Ｂ	ＡからＢに話を移す	ところで、さて、一方、他方、それでは

(加納千恵子(1995)『専門書を読むための漢字語彙・読解練習』参考)

2.　接続詞の具体例

---
(1) Ａ、Ｂ：　ＡとＢを並べる

　　およ び：名詞と名詞を並べる。＝「と」

　　　　　・中国および韓国からの輸入品で、全体の８割を占める。

　　　　　・実験の結果および考察を以下に記す。

　　ま　　た：節と節、文と文を並べる。

　　　　　・彼は建築家でもあり、また画家でもあった。

　　　　　・本稿では、最近のコマーシャルの動向について考える。また、それらが日常
　　　　　　生活に与える影響についても考える。

---
(2)　Ａ＋Ｂ：　ＡにＢを足す

しかも、その上：ＡにＢを足し、とりあげた話題がどんな特徴をもつのか説明する。

　　　　　・最近、テレビの歌番組には、若い歌手しか出ていない。しかも、そのほとん
　　　　　　どがカタカナや英語の名前である。

　　　　　・風が激しく吹いていた。その上、雨も強く降り出した。

かつ：Ａ、Ｂどちらの条件にもあてはまることを示す。⇔「または」

　　　　　・日本語のクラス30名のうち、日本以外の国への留学経験があり、かつ、会社
　　　　　　で働いた経験がある人は５名だった。

---
(3)　Ａ∴Ｂ：　Ａの結果、Ｂになる

よって、ゆえに：当然の結果や結論を導くときのことば。≒「そういうわけで」、「だから」

　　　　　・この三角形において、∠Ａ＋∠Ｂ＝125°である。よって、∠Ｃは、180°−
　　　　　　125°＝55°となる。

・Ａ＞Ｂ、Ｂ＞Ｃ、ゆえにＡ＞Ｃ　である。

---

(4)　Ａ∵Ｂ：　Ａの理由をＢで示す

なぜなら、なぜならば、というのは：結果を先に示し、あとで理由を述べる言い方。

　　　・日本全国雨が続いているが、北海道だけは毎日晴れている。なぜなら、北海
　　　　道には梅雨の季節がないからである。

　　　・1日の中で最も事故が多いのは午後4時から6時にかけてだという。というの
　　　　は、この時間帯が最も疲れが出やすい時間帯だからだという。

---

(5)　Ａ⇔Ｂ：　ＡとＢは反対

しかしながら：しかし。「しかし」より改まった言い方。

　　　・日本は経済大国になったと言われている。しかしながら、個人の生活は必ず
　　　　しも豊かだとは言えない。

　　　・少子化傾向を抑制するため、昨年度は多額の費用がその対策に使われた。し
　　　　かしながら、子どもの数は減る一方である。

～ものの：文の前半部分から一般的に予想される結果と反対の結果が後にくる。

　　　・大きな夢を持って留学したものの、なかなか勉強は進まない。

　　　・ＡとＢは多少の差はあるものの、基本的な部分ではかなりの共通点がある。

---

(6)　Ａ→Ｂ：　Ａの次にＢがくるという順序を示す

まず、次に、そして、それから、最後に：1番目に、2番目に……最後に……という手
　　　　　　　　　　　　　　　　　　　　順や順序などを表す。

　　　・調査方法は、まず、アンケートに職業、年齢などを記入してもらった。次に、
　　　　テープを聞き、質問に答えてもらった。そして、最後に一人ずつ面接を行っ
　　　　た。

---

(7)　Ａ／Ｂ：　ＡかＢのどちらか

または、あるいは、もしくは、ないしは：ＡかＢのどちらか1つ

　　　・大学までは地下鉄またはバスが便利だ。

　　　・試験を受けられるのは、4年制大学を卒業した者、もしくはそれと同等の学

力があると認められた者である。

> (8)　Ａ；Ｂ：　Ａの内容に対する条件づけ、限定、補足

ただし：前の文に対して、条件をつけたり、例外を説明したりする。

　　　　・試験は辞書の持ち込み可。ただし、専門用語の辞書の持ち込みは禁止する。

なお：話が終わったあとで、小さな情報をつけ加える。

　　　　・実験では30分間間隔で変化の様子を記録した。その結果を図1に表す。なお、
　　　　本実験で用いた装置はＳ社のＳＳＩ－6501である。

ちなみに：必ずしも必要ではないが、参考になりそうな例、情報を加える。

　　　　・来週東京でA国対日本のサッカーの試合が行われる。ちなみに、これまでの
　　　　勝敗は日本の７勝３敗１引き分けとなっている。

　　　　・結婚しても、そのまま同じ姓（名字）を使いたいという女性が増えている。
　　　　国会でも論議されているが、まだ結論は出ていない。ちなみに、中国では昔
　　　　から夫婦別姓だそうだ。

> (9)　Ａ∽Ｂ：　Ａの内容をＢで言い換える

言い換えれば、換言すれば：言い方をかえると。

　　　　・輸出を目的に森林が切り倒されたことにより、大雨による洪水が起こるとい
　　　　う。言い換えれば、これは経済発展が引き起こした災害である。

> (10)　Ａ☞Ｂ：ＡからＢに話を移す

一方、他方：２つのうちの、別のほうでは。もう１つの面について言えば。

　　　　・子どもは「私はもう子どもじゃない」と言う。一方、親は「いつまでたって
　　　　もまだまだ子どもだ」と言う。

　　　　・アルミニウムは水には安定した性質を持つが、他方、酸（acid）に弱いとい
　　　　う面がある。

《練習》（　　　）に入る文を｛　　｝から選びなさい。

1.　(1)　留学生を積極的に受け入れる大学が増えてきた。その結果、（　　　）

　　(2)　留学生を積極的に受け入れる大学が増えてきた。しかも、（　　　）

81

(3) 留学生を積極的に受け入れる大学が増えてきたものの、（　　　　）

- a．実際には集まった数が定員に満たない場合も時折見られる。
- b．留学生数は、ここ数年著しい伸びを見せている。
- c．これは日本の若い人口が減少しているからである。
- d．優秀な学生を集めようと、海外まで行き、説明会を開くところさえある。

2.　1995、6年ごろ、黒い髪を茶色や赤茶色に染めるいわゆる茶髪が若者の間に登場した。当時はこの髪に対して、個性の表れだとか、日本人には似合わないからやめたほうがいい、印象が悪いなどというさまざまな意見があった。

だが、（(1)　　　　）。大学生はもちろん、会社員や学校の教師の中にも、あたりまえに見かけられる姿となった。しかも、（(2)　　　　）。茶髪がいいか悪いか、マスコミをにぎわせてから、わずか数年の短い間にすっかり日常生活にとけこんでしまった。

しかし、その一方で、この現象は外国人、特に欧米人には（(3)　　　　）。日本に来て驚いたことは何かと尋ねると、必ずといっていいほど、日本人の髪の毛が黒くないという答えが返ってくる。

茶髪は、すでに単なる流行ではなくなっているようだ。髪の色を変えようとする日本人の心理にはどのような背景があるのだろうか。

- a．理解しにくいことのようである。
- b．今では、若者だけでなく、あらゆる年代層の人に見られる現象となった。
- c．その時の気分で、頻繁に好きな色に自分で変える人も多いようだ。

言葉の練習

1. 下線の言葉に注意し、（　　　）に入る動詞を 《　　　》から選びなさい。必要があれば、形を変えること。

《　反映する　・　迎える　・遂げる　・　従う　・　挙げる　》

(1) 田中の分析に（　　　　　）ば、子どもらの体力低下は家庭での過ごし方に大きな原因があると言うことができるかもしれない。

(2) この時代以後、日本は大量消費時代を（　　　　　　）。

(3) 田中はこの時代の特徴を３つ（　　　　　　）ている。

⑷　ストレスの多い社会、あるいは時代を（　　　　　　　　）か、人の気持ちを優しく
する音楽が人気だ。

2.（　　　）の中から、適当なものを選びなさい。答えは１つとは限らない。

⑴　歴史的な（ a．変遷　b．不変　c．移り変わり）を通し、日本の産業を分析する。

⑵　この書物の発見には高い（ a．価格　b．物価　c．価値）が認められる。

⑶　この現象を説明するには、さらに詳しい（ a．資質　b．資格　c．資料）にあたる
必要がある。

⑷　この問題に関しては、タテマエではなく、社員全員の率直な（ a．意見　b．考え
c．意味）を期待したい。

第9課　　　　　がん告知
こくち

心配りな人＝気使い人＝親切な人
くは　　　　　（気こり）

私は早く知って治療してもらいたいです
し

▷ **読む前に**

1. がん（cancer）になったら、隠さないで知らせてもらいたいですか。
かく

2. もし、家族ががんになったら、あなたはその本人（がんになった人）にがんであるこ
ほんにん
とを知らせますか。

3. がんであることを知らせること、すなわち、がん告知についてどんな考えを持ってい
こくち
ますか。

84

本文

　厚生省（今の厚生労働省）の調査によれば、1981年以来、がんは日本人の死亡原因の第１位に定着し、1995年１年間にがんで亡くなった人は約26万人（総死亡者数の28.5％）となっている。このような中、本人にがんであることを告知すべきかどうか、さまざまな意見が交わされている。次の文章は、がん告知についてどのような意見をもっている人が書いたものか。あなたはこの考えに同感できるか。

Ⅰ　¹がん治療は大いに進んだとはいえ、死に至る病の色彩は依然として強い。²それにもかかわらず、単純にがん告知の有益性だけに目を向け、告知を受ければ、残りの人生を有意義に過ごすことができるといった、強い人間だけが受け入れられる意見を口にする医師や一般の人々がいる。³また、本当のことを話す（患者側からは「知る」）ことは正しいことなので、当然そうすべきだし、これができないのは、考え方が遅れているからだと言う人もいる。

Ⅱ　⁴しかし、がん告知は医師の側からの発想ではなく、患者やその周囲の気持ちという点から考えるのが、人間らしいところではないか。⁵気持ちや好みに是非はないのだから、患者の心身の快適さ（Quality of Life）を土台に考えるのが望ましい。

Ⅲ　⁶一般の日本人はどう考えているのか。⁷3,000人を対象に調査を行った。⁸まず、一般の人々に「家族や親戚の人がんにかかった場合、その本人に対して医師からがん告知をしてもらいたいか」という質問をした。⁹その結果が表１である。¹⁰「どんなときでも告知を」という意見は20％弱であり、半数近くは「本人の精神状態、本人の気持ちによる」としている。¹¹その「本人の精神状態による」とした人に、患者が望んでいるかどうかが医師にわかるのだろうかと聞くと、「わかる」が42％、「わからない」が57％であった。

Ⅳ　¹²また、「本人が告知を望んでいるといっても、それが本心であるかどうか、医師に分かると思うか」という問いには、「わかる」23％、「わからない」76％で、わからないほうが圧倒的に多い。¹³さらに、「本心かどうかの区別は考えなくていいか」との質問には、「考えなくてよい」23％、「区別を考えてほしい」75％という結果が出た。¹⁴医師に

◆表１　家族のがんを医師にどう告知してほしいか

| ＊どんな場合でも本当のことを告知してもらいたい…19％ |
| ＊治癒（ちゆ）の可能性による………………………19％ |
| ＊本人の精神的条件・本人の気持ちや心の状態によって　告知するかどうか決めてもらいたい…………………48％ |
| ＊本人以外の条件によって　告知するかどうか決めてもらいたい……………… 3％ |
| ＊どんな場合でも告知しないでほしい……………… 9％ |
| ＊無回答……………………………………………… 2％ |

患者の本心がわかるとは思っていないが、本心かどうかの区別は考えてほしいという複雑な気持ちが、一般的な人の心なのである。

◇表2　自分ががんにかかったら告知してほしいか

＊どんな場合でも告げてほしい………………	50%
＊治癒（ちゆ）の可能性による………………	29%
＊その他の条件による………………	9%
＊どんな場合でも告知してほしくない………………	11%
＊無回答	1%

Ⅴ　[15]次に、「あなたががんになったら、告げてもらいたいか」という質問には、家族の場合とは一変し、告知を希望する回答が増える（表2）。[16]しかし、これには「正しいことを知るのはよいことだ」という建て前があるように思われる。[17]また、年齢別では、年齢が高くなり、がんが現実問題となってくると、告知を望まない人の増加が顕著に見られる。

Ⅵ　[18]さらに分析を進めると、いわゆる合理的・近代的な考えを重視する性格か、あるいは、逆に伝統的な倫理を大切にする人間かが、がん告知の問題に深くかかわっていることがわかってきた。[19]前者の人の約60%ががん告知を希望しているのに対し、後者の人では約30%と、その差は大きい。[20]そして、「告知をしてほしくない」と「治療の条件による」を加えた数字をみてみると、合理的傾向の人は35%であり、合理的傾向でない人は55%となる。

Ⅶ　[21]このように、人々は年齢や性格によって多様な意見や感情を持つものであるので、この深刻な問題を一面的な考えかたでとらえてしまうと、悲劇を引き起こしかねない。[22]患者の心身の快適さをそこない、治療効果を弱めることにもなる。[23]患者の権利だけに目を向け、治療法を患者に選択させる方法がよいとし、これを「考え方、感じ方」の異なる人に押しつけるのは、かえって不幸なことであろう。[24]患者の知りたくない権利や、心身の快適さを重視した柔軟な対応が必要なのである。

（林知己夫「がん告知」『日本の論点'97』文藝春秋より）

〜〜〜〜〜〜〜〜〜〜〜〜〜〜〜〜〜〜〜〜〜〜〜〜〜〜〜〜〜〜

【語　句】

1	大いに（おお）	substantially	大大地
	〜とはいえ	although	雖然那麼說
	至る（いた）	to end in	至於
	色彩（しきさい）	color	色彩
	依然として（いぜん）	still	依然
2	単純に（たんじゅん）	simply	單純地

	有益性 （ゆうえきせい）	beneficial nature	有益
	目を向ける （め　む）	to look at	注目
	有意義に （ゆういぎ）	meaningfully	有意義地
	口にする （くち）	to say	説出口
3	患者 （かんじゃ）	a patient	患者
	当然 （とうぜん）	of course	當然
4	発想 （はっそう）	way of thinking	想法
5	好み （この）	likes and dislikes	嗜好
	是非 （ぜ　ひ）	right or wrong	是非
	土台 （ど　だい）	a base	基礎
	望ましい （のぞ）	desirable, advisable	最理想的
8	親戚 （しんせき）	a relative	親戚
	本人 （ほんにん）	the person	本人
10	精神 （せいしん）	mentality	精神
12	本心 （ほんしん）	one's real intention	真心
	圧倒的に （あっとうてき）	overwhelmingly	壓倒性的
15	一変する （いっぺん）	to change completely	完全改變
16	建て前 （た　まえ）	a superficial principle	場面話
17	現実 （げんじつ）	reality	現實
	顕著に （けんちょ）	remarkably	顯著地
18	合理的な （ごうりてき）	reasonable	合理的
	倫理 （りん　り）	ethics	倫理
21	悲劇 （ひ　げき）	a tragedy	悲劇
	〜かねない	may	很有可能
22	治療効果 （ちりょうこうか）	effects of medical treatment	治療効果
23	押しつける （お）	to force, to impose	強迫接受
	かえって	on the contrary	反而

◆　要　約

次の「段落の要約のしかた」を参考にしながら、各段落のポイントを短くまとめてみよう。

1．段落の要約のしかた

(a) 中心文をもとにして、それに必要なキーワードをつけ加える。

(b) 大切な部分を取り出し、段落内の文の関係を考えながら、全体をまとめる。

(c) 個々の言葉（下位語）をまとめる便利な言葉（上位語）を使う。あるいは、簡潔に表せる言葉で言い換える。

　　例）　・父、母、兄、姉は元気だ。→　家族は元気だ。

　　　　　・「告知は本人のショックが大きすぎるから、すべきではない」という意見

　　　　　　→否定的意見

(d) 段落を読んで、自分の頭にイメージしたことや強く残ったことを自分の言葉で表す。

　　例）　・地震により、市内の建物の壁が崩れ、約2,500人の負傷者が出た。家を失った者も多く、一夜を寒空のもとで過ごした。空港はきのうから閉鎖したままの状態が続いている。被害総額は1,000億円と見込まれている。

　　　　　　→地震により、大きな被害が出ている。

例）段落Ⅰの要約

> ¹がん治療は大いに進んだとはいえ、死に至る病の色彩は依然として強い。²それにもかかわらず、単純にがん告知の有益性だけに目を向け、告知を受ければ、残りの人生を有意義に過ごすことができるといった、強い人間だけが受け入れられる意見を口にする医師や一般の人々がいる。³また、本当のことを話す（患者側からは「知る」）ことは正しいことなので、当然そうすべきだし、これができないのは、考え方が遅れているからだと言う人もいる。

→要約例）　がん治療は進んでいるが、まだ怖い病気である。それにもかかわらず、告知をよいこととして考える人々がいる。

【問い1】「要約のしかた」を参考にして、段落Ⅱ、Ⅲ、Ⅶの要約文を書きなさい。

Ⅰ	告知に対するある考え方を紹介	がん治療は進んではいるが、まだ怖い病気である。それにもかかわらず、告知をよいこととして考える人々がいる。
Ⅱ	筆者の考え	（ がん告知は患者の身心の快適さを基本に考えるのがよい ）
Ⅲ	調査結果（1）	（ 家族に対しては「どんな時も告知を」という親はいない ）
Ⅳ	調査結果（2）	医師に患者の本心がわかるとは思っていないが、本心かどうかの区別はしてもらいたいという気持ちがある。
Ⅴ	調査結果（3）	自分ががんになった場合には、告知を希望する割合が増えるが、それは建て前のように思われる。
Ⅵ	調査結果（4）	性格によってもがん告知を希望するかどうかが違う。
Ⅶ	まとめ	（ 人は多様な意見を持っているので、一面的な考えで告知の問題をとらえるのはよくない。柔軟な対応が必要である ）

さらに、段落の構成を考え、全体をまとめると、次のように要約することができる。

例）がん告知をよいことと考える人々がいる。しかし、調査の結果、がんである家族の人に告知を望む声は少なかった。また、医者には患者の本心がわからないと思っている反面、本当に告知を望んでいるか、よく見てほしいという複雑な気持ちがあることも明らかとなった。自分の場合には告知を希望する人は多かったが、それは建て前だと思われる。さらには、年齢や性格によっても考えの違いが見られた。以上のことから、がん告知の問題は一面的な見方でとらえるのではなく、柔軟に対応すべきある。

2．応用

・読んだ内容を要約するということは、論文を書く際に文献を要約して引用したり、研究に参考となる文献・資料についてノートに書きとめておいたりするのに必要な力である。

【問い２】次の《要約例１、２》は、本文の「がん告知」の文章を要約して引用し、自分の意見を述べようとしたものである。本文の内容を自分の言葉に直して（　　）に書き入れなさい。

《要約例1　著者の主張を要約して引用した場合》

> 　近年、医療技術の進歩により、がんが完治する割合は飛躍的に高まっている。がんはすでに不治の病ではなくなったとも言われる。一方で、がんを告知するかどうかについては、終末期看護のあり方までを含むさまざまな議論に発展しており、意見は分かれている。林は、「がん告知」（『日本の論点'97』文藝春秋）の中で、告知に積極的な意見は（a.　　　　　　　　　）と指摘し、むしろこの問題は（b.
> 　　　）べきだとしている。私はこの考えに……

【語句】

医療技術：medical technology

完治する：to recover completely

飛躍的に：rapidly

終末期看護：terminal care

含む：to include

指摘する：to point out, to indicate

むしろ：rather

《要約例2　調査結果を中心に引用した場合》

> 　がん告知に肯定的な意見が目立つが、慎重に判断する必要があるのではないだろうか。ある調査結果では、家族ががんにかかった場合と自分ががんにかかった場合とでは、（a.　　　　　　　）ことが指摘されている。自分ががんにかかった場合は、（b.
> 　　　）のに対して、家族ががんにかかった場合は（c.　　　　　　　　）。このように（d.　　　　　　　）ので、一様に判断していいものではないのである。

【語句】

肯定的な：affirmative

慎重に：prudently

判断する：to judge

> 内容理解

1. がん告知に対する筆者の態度を〈　　　〉の中から選び、その理由を書きなさい。

がん告知に対する態度：〈　積極派／慎重派／消極派　〉
その理由：

神社へ参拝かみます、　和服（きもの）、　ご年配（ねばい）こと（とし）…え（うえ）

2. 筆者の考えと合うものに○をつけなさい。

（　）ａ．がん告知により、残りの人生を有意義に過ごせると考えるのは医師が強い人間
　　　　　だからである。

（　）ｂ．「告知を受ける」、「告知を受けない」ということに対して、どちらがいい、悪い
　　　　　という判断はできない。

（　）ｃ．自分ががんにかかったときには知らせてほしいという声は、答えた人の本当の
　　　　　気持ちから出たものだ。

言葉の練習

1. 下線の言葉の意味を簡単に説明しなさい。

（1）死に至る病の色彩は依然として強い。

（2）この深刻な問題を一面的にとらえてしまうと、悲劇を引き起こしかねない。　　ひま　可能性

（3）患者の心身の快適さを土台に考えるのが望ましい。

2.《　》の中から、適切な言葉を１つ選び、文を完成させなさい。

（1）《　是非・条件・可能性・現実　》

ａ．たばこをすう人はがんになる（　可能性　）が高い。

ｂ．少年犯罪の増加にともない、法律を新しくすべきかどうか、法改正の（　是非　）
　　が議論された。

ｃ．奨学金をもらうためには、いくつかの（　条件　）がある。

ｄ．テレビの解説者は今後景気は次第によくなるだろうと語ったが、（　現実　）には
　　状況は非常に厳しく、それほど楽観視はできない。

（2）《　合理的な・近代的な・精神的な・伝統的な　》

ａ．日本に古くからある（　伝統的な　）文化を学びたい。

ｂ．製品開発においては、むだのない（　合理的な　）方法を選択する必要がある。

ｃ．新しい環境では、人間関係などによる（　精神的な　）ストレスを受けやすい。

ｄ．大都市東京には（　近代的な　）高層ビルが立ち並んでいる。　　Press の津石力

第Ⅱ部　実践編

第Ⅰ部で学んだことを生かして論文を読むという実践的
な練習をします。実際の論文に触れながら、論文の構成
や展開、よく使われる表現などを習得するのが目的です。

第10課　論文を読む① 全体構成、序論
ぜんたいこうせい じょろん

◆全体の構成　　研究レポートや論文の一般的な構成を以下に示す。
いっぱんてき　　　　　しめ

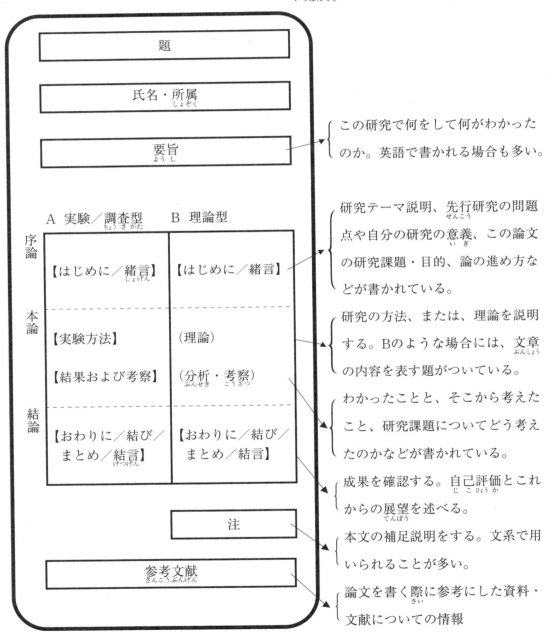

この研究で何をして何がわかった
のか。英語で書かれる場合も多い。

研究テーマ説明、先行研究の問題
せんこう
点や自分の研究の意義、この論文
い　ぎ
の研究課題・目的、論の進め方な
どが書かれている。

研究の方法、または、理論を説明
する。Bのような場合には、文章
ぶんしょう
の内容を表す題がついている。

わかったことと、そこから考えた
こと、研究課題についてどう考え
たのかなどが書かれている。

成果を確認する。自己評価とこれ
じ　こ　ひょうか
からの展望を述べる。
てんぼう

本文の補足説明をする。文系で用
いられることが多い。

論文を書く際に参考にした資料・
さい
文献についての情報

このほか、本文には直接必要ないが参考となるデータを「資料」「付録」としてつける場
ふろく
合もある。

（手書きメモ）かめ なり易いです／寝く

> 読む前に

（手書きメモ）溶けます と　金属が サビます／生錆／腐食します ふしょく

あなたは今、次の①、②のことについて調べたいと思っているとしよう。

①酸性雨※はどの地域でも同じ状況なのだろうか。海の近くと、内陸部とで違いはないのか。

※酸性雨（acid rain）とは

　一般に雨は中性（pH 7）ではなく、pH5.6程度の弱い酸性（acid）を示すが、石油や石炭を燃やしたときに出る酸化物が雨水に（とけ）、より強い酸性（pH値の低下）を示すようになった。これを酸性雨と呼ぶ。酸性雨により、木が枯れたり、土や湖が酸化したために、生物が死んでしまったりするといった報告が出されている。

（手書きメモ）みまみず 溶 更

pH 5	pH 6	pH 7	pH 8	pH 9

強　酸性(acid)　◀――――――　中性　――――――▶　アルカリ性(alkali)　強

②日本の会社で働きはじめた友だちに、日本の会社で受けた研修は自分の国の研修とは全然違うと聞いた。何がどう違うのだろう。

日本企業　　外国人社員
新人社員研修　　トラブル

この２つの疑問について調べていたところ、①②それぞれに対し、次の文献を見つけた。

論文Ａ「降水に含まれる無機成分の化学的特徴」	論文Ｂ「企業内研修にみる文化摩擦」
（志田惇一他（1992）降水に含まれる無機成分の化学的特徴『山形大学紀要（工学）』山形大学）より構成（10課～13課に掲載）	（荒木晶子（1991）「企業内研修にみる文化摩擦」『異文化へのストラテジー』川島書店）より構成（10課～13課に掲載）

この課では、これらの論文の序論部分を読む。何について、どのように研究したのか、考えてみよう。論文Ａの序論の本文はP.96に、論文Ｂの序論の本文はP.98にある。

かっぱ ＝ レインcoat

論文Ａ 「 降水に含まれる無機成分の化学的特徴 」

本 文

青森県
山形県
米沢市
宮城県

地名が出てくるので、位置を確認しておこう。

---

1. 緒言

[1]降水は大気を浄化するシャワーの役目をしてくれる。[2]しかし、大気の汚染が進んでいる現在、汚れを取り込んだ雨は地上の生物や建造物に被害を及ぼしている。[3]酸性雨は、オゾン層の破壊や地球の温暖化とならび、人為的な原因による地球規模の環境破壊、広域大気汚染として特徴づけられる。

[4]大気中にある物質が雨に取り込まれる過程には、雲の中で行われる場合（レインアウト）と、雲の下で行われる場合（ウォッシュアウト）の二通りがある[1]。 Rain out Wash out [5]レインアウトによる過程は広域的な取り込みであるのに対して、ウォッシュアウトの場合はその地域の環境に強く影響されることになる。[6]したがって、降水中のイオンの組成は、地域的、季節的、時間的、空間的に変動する。[7]また、大気中でのイオン種間の酸性化に関わる相互作用として、中和反応や酸化還元反応などがあるので、酸性雨の影響をpHのみで評価することは不十分である。

[8]環境庁は1983年に第一次酸性雨対策調査を開始し、 4 年間にわたって全国29地点で観測した。[9]その結果、全国の平均でpH4.7の酸性雨が降っていることを1989年 8 月に新聞紙上に公表した。[10]詳細な解析は玉置らによって報告されている[2][3]。[11]しかし、この観測地点はほとんどが海岸に近いところであり、内陸部の観測地点はほとんどない。[12]しかも、東北地方は青森県と宮城県だけである。[13]内陸部の降水について調査することは、全体の様子を把握し、地域的変化を考察する上で、非常に重要であると考える。

[14]そこで、本報では、内陸地方の降水の特徴を明らかにすることを目的に、山形県の内陸地方にある米沢市の試料を採取し、気象条件などを考慮に入れて、pH、電気伝導度および溶存イオン種との相互関係について解析した。[15]さらに、それぞれのデータを全国平均値と比較した。

文献 1）大喜多敏一、公害と対策、**20**、75（1984）
2）玉置元則、小山功、大気汚染学会誌、**26**、1（1991）
3）玉置元則他、日本化学会誌、1991、667

【語　句】

1	大気 （たいき）	air	大氣
	浄化する （じょうか）	to purify	淨化
2	建造物 （けんぞうぶつ）	a building	建築物
	被害を及ぼす （ひがい　およ）	to do damage	使……受損害
3	人為的な （じんいてきな）	artificial	人為地
	オゾン層 （そう）	ozone layer	臭氧層
6	イオン	an ion	離子
	組成 （そせい）	composition	組成
7	中和 （ちゅうわ）	neutralize	中和
	酸化還元反応 （さんかかんげんはんのう）	an oxidation-reduction reaction, redox reaction	氧化還原反應
	相互作用 （そうごさよう）	interaction	相互作用
	評価する （ひょうか）	to evaluate	評價
9	公表する （こうひょう）	to announce	發表，公佈
10	詳細な （しょうさい）	detailed	詳細的
	解析 （かいせき）	analysis	解析，分析
14	試料 （しりょう）	a sample	樣本
	気象 （きしょう）	weather	氣象

内容理解

(1)、(2)は本文の大意を述べたものである。ア～ウのうち、内容に合うものを選びなさい。

(1)酸性雨の調査は、
- ア．全国30近い地点で行われ、十分な観測が行われている。
- イ．青森県と宮城県の海岸に近い2か所で行われてきた。
- ウ．これまで海の近くに集中してきた。

(2)これまでの研究では、
- ア．観測地点と調査方法に不十分な点があったので、
- イ．調査期間が十分ではなかったので、
- ウ．すべての県において観測されていないので、

ここでは、その点を見直し、分析する。

論文Ｂ「企業内研修にみる文化摩擦」

本　文

1　はじめに

  ¹日本経済の国際化にともなって、海外に進出した日本の大企業は、世界各地に現地法人を設立した。²そして、現地法人が採用した大学新卒社員を一定期間日本の本社に送りこみ、そこで新入社員研修を受けさせる企業が少しずつ増えてきている。³現地法人と現地採用の外国人社員のあいだに、さまざまなトラブルが発生し、日本企業の悩みのタネといわれているのをよく耳にするが、海外の学卒新規採用者を対象とする企業研修（以下、企業研修）という試みには、それらのトラブルを少しでも軽減しておきたいという日本企業の意図が強く感じられる。

  ⁴しかし、筆者のみるかぎり、すでにこの企業研修という場において、異文化ギャップがかなり鮮明にあらわれ、トラブルも頻発し問題になっている。⁵つまり、日本の本社で行なわれるこの研修こそが、日本企業と外国人社員の最初の衝突の場であり、少なくとも、たがいがギャップ（GAP）を認識する最初の場所であるといえるだろう。⁶そしてこの溝を埋めるのは双方にとってそう容易なことではないようである。

  ⁷本稿では、ある大手証券会社が実施した企業研修を観察の対象とし、そこにあらわれた異文化間コミュニケーションにかかわる問題の事例を報告する。⁸さらに、この事例に分析をほどこし、できるかぎり本質を明らかにすることを目的とする。

【語　句】

1	企業	a corporation, an enterprise	企業
	現地（の）	local	當地
	法人	a corporation	法人
	設立する	to establish	設立
2	採用する	to employ	採用
3	悩みのタネ	a source of concern	苦惱的根源
	試み	a trial	嘗試
4	鮮明に	clearly	鮮明地

98

頻発する ひんぱつ	to occur frequently	屢次發生
5　衝突 しょうとつ	a clash	衝突
ギャップ	a gap	落差
6　溝を埋める みぞ　う	to fill a gap	消除隔閡
双方 そうほう	both parties	雙方
容易な ようい	easy	容易的
7　大手 おおて	big company , major	大型的
証券会社 しょうけんがいしゃ	a securities firm	證券公司
実施する じっし	to carry out	實施
観察 かんさつ	observation	觀察
8　分析 ぶんせき	an analysis	分析
ほどこす	to do	做

内容理解

次の文は本文の大意を述べたものである。本文の内容に合うほうに○をつけなさい。

(1)　海外に進出した日本企業の中には、社員とのトラブルを少しでも少なくするために、

　　ア．現地で採用した外国人社員の新人研修を、日本で行うところが多くなっている。
　　　さいよう　　　　　　　　　　けんしゅう

　　イ．採用した社員の新人研修を現地で行い、その後一定期間日本の本社に送りこむと

　　　ころが多くなっている。

(2)　社員とのトラブルを軽減するための本社での新人研修は、筆者がみるかぎり、
　　　　　　　　　　　　　　　　　　　　　　　　　　　　　ひっしゃ

　　ア．うまくいっている。

　　イ．うまくいっていない。

(3)　筆者がこの論文で行おうとすることは、

　　ア．新人研修における異文化コミュニケーションの本質を明らかにすることである。　明題

　　イ．大手証券会社の新人研修に参加した社員の本質を明らかにすることである。
　　　おおて　しょうけんがいしゃ　　　　　　さんか

　　　　　　　　　　　　　　　→人的本質

構　造

1.　序論部分には、次のような内容が書かれている。
　　　じょろん

皆伸びします ＝ 大人 みます

(1)これから何の話（研究）をするのか　……研究テーマ

(2)どのような課題があるのか　　　　　……課　題

(3)問題解決には何が必要か　　　　　　……研究の必要性

(4)これまでどんな研究がされてきたのか……先行研究の成果と問題点

(5)ここでは何を目的とするのか　　　　　……研究目的

(6)何を行う／行ったのか　　　　　　　　……研究行動

(7)論文では、どのように話が進められるのか……論文全体の構成

2. 上記の内容を表すのに、よく用いられる文型・表現を次に示す。何が書かれているか見当をつけるのに太字の語句に注目するとよい。

(1)研究テーマ：　・（近年／最近）〜が注目されている／注目を集めている

　　　　　　　　・〜が問題になっている　　　　・〜が重要である

(2)課　題：　　　・〜が重要な課題となっている　・問題は（疑問詞）かということである

　　　　　　　　・（疑問詞）〜だろうか　　　　　・〜は（疑問詞）だろうか

(3)研究の必要性：・〜が必要である　　　　　　　・〜することは〜上で必要である

　　　　　　　　・〜が不可欠である　　　　　　・〜が求められている

　　　　　　　　・〜が望まれる

(4)先行研究の成果と問題点

　　成　果：　　　・〜が報告されている　　　　　・（従来の研究では）〜がわかっている

　　　　　　　　・〜が示されている　　　　　　・〜が知られている

　　　　　　　　・〜が明らかになっている／明らかにされた

　　問題点：　　　・〜についての研究は少ない／ほとんどない

　　　　　　　　・〜については不明な点が多い／まだ解明されていない

(5)研究目的：　・本研究の目的は〜である　　　・本研究は〜（を）しようとするものである

　　　　　　　・本研究は〜を目的とする　　　・本研究は〜を目指すものである

(6)研究行動：　・本研究では〜について調べる／検討する／考察する／分析する

　　　　　　　・本研究では〜の実験／調査／検討／考察／分析を行う

　　　　　　　※研究行動については過去形を用い、「調べた／検討した／考察した／分析した」と表す場合もある。

(7)論文全体の構成：‥本論文の構成は次の通りである。第1章では、‥‥を分析する。

第2章では、‥し、さらに第3章では、‥‥を考える。

‥以下、2章（節）は‥、3章（節）は‥‥について述べる

これら(1)～(7)を使い、序論は展開される。論文A、Bの論の展開を下に示す。

論文A：研究テーマ→先行研究の問題点→研究の必要性→研究の目的→研究行動

論文B：研究テーマ→課題→研究行動

《練　習》　次の(1)(2)は論文の序論部分である。研究テーマと論の展開を考えなさい。

(1)　近年、若者の喫煙が問題になっている。特に喫煙の低年齢化が注目されている。国立研究機関の調査によると、20歳未満の喫煙は法律で禁止されているにもかかわらず、高校3年生では4人に1人が日常的にたばこを吸っているという。欧米諸国の若者の喫煙率が低下する中、なぜ日本においては減る気配がないのか。

未成年者の喫煙をやめさせるには、たばこの害について教育することも必要であるが、なぜ吸うのか、若者の心の面からの追求も不可欠である。これまで未成年者の喫煙に関しては、いくつかの調査報告があるが、その多くは現状把握にとどまり、未成年者がたばこを必要とする理由を心理面にまでふみこんで分析した報告は少ない。そこで、本研究では面接による聞き取り調査を行い、未成年者が置かれている環境、精神的なストレスについて分析し、喫煙をもたらす要因を考察する。

研究テーマ：　　　　　　　　　　　論の展開: 研究テーマ→

(2)　現在の自動車産業では、部品メーカーと組立てメーカー間のネットワークを活用した生産の普及により、「どのように生産するか」から「何をつくるのか」という問題に重要性が移りつつある。自動車産業において、よく知られているのは「トヨタ生産システム」である。効率性と柔軟性を同時に実現したとして高く評価されている。しかし、この場合にも効率的な製品開発なしには、大量生産とその販売体制を支えることはできなかったと考えられる。そこで、本稿では、製品開発に注目し、一定の市場・環境・技術の下でどのような製品を開発すべきかについて検討することを目的とする。

第1章では、北米や韓国の自動車メーカーの製品開発体制を日本のメーカーと比較

し、分析する。第2章では、海外のメーカーが日本からの製品開発技術を移転する際

に、どのような環境・方法が重要な役割を果たしたのかを検討する。さらに第3章で

は先の分析をふまえ、自動車産業における製品開発の新しい方向性を探る。

研究テーマ：　　　　　　　　　　　論の展開: 研究テーマ→

言葉の練習

　　下線の言葉を辞書で調べた。どの意味が最も近いか考えなさい。

(1)　酸性雨の影響をpHのみで評価することは不十分である。

　　　　　①ものの価値や価格を判定すること

　　　　　②学生の成績をつけること

　　　　　③ よいものと認めること

(2)　本稿では、事例の報告に分析をほどこし、問題の本質を明らかにすることを目的とする。

　　　　　①困っている人にお金や品物をあげる。

　　　　　②効果が出るように、つける。

　　　　　③「行う」のやや改まった言い方。

第11課　　　論文を読む②　　本論その１

> ## 読む前に

論文Ａ「降水に含まれる無機成分の化学的特徴」（本文P.103～）

　あなたが研究するとしたら、試料（サンプル）となる雨をどんな場所で、どのぐらいの期間、どのように集めますか。

論文Ｂ「企業内研修にみる文化摩擦」（本文P.115～）

　企業研修の中で起こる異文化コミュニケーションや文化摩擦について調べる方法として、どのようなことが思い浮かびますか。

論文Ａ　「降水に含まれる無機成分の化学的特徴」

> ## 本　文

序論に書かれている目的を達成するために、どのような方法で実験したのか。

2. 実験方法

2.1　試料の採取

[1] 試料の採取期間は降雨が1990年５月19日から同年12月11日まで、降雪は1990年11月２日から1991年２月５日までであった。

[2] 採取は山形大学工学部の研究棟屋上の１地点において行った。[3] 近隣50km以内には石油化学工場、火力発電所などの一般に言われているような汚染の大型発生源はない。

[4] 降雨は降りはじめに500mℓ ビーカー数個に採取した。[5] 降水量の少ないときはビニールシート（180cm ×180cm）を広げ、床上１m以上に固定して採取した。[6] 降雪はひと雪ごとの新雪をビニール袋に採り、研究室に持ち帰ってからとかした。[7] それぞれの降水は採取後、ミリポアフィルターでろ過して試薬ビンに入れ、５℃以下の冷蔵庫内に保存した。

2.2　分析方法

[8] pH測定には日立－堀場Ｍ－５型pHメーターを用いた。[9] 電気伝導度（EC）は横河電気SC51型電気伝導度計によって測定した。

【語　句】

1	採取 <small>さいしゅ</small>	collection	採集
4	ビーカー	a beaker	燒杯
5	ビニールシート	a vinyl sheet	塑膠膜
6	ひと雪 <small>ゆき</small>	snow at a time	一場雪
	〜ごと	every〜	每
	とかす	to melt	溶化
7	ミリポアフィルター	a kind of filter	濾紙的一種
	ろ過する <small>か</small>	to filter	過濾
	試薬ビン <small>しゃく</small>	a reagent bottle	試劑瓶
	保存する <small>ほぞん</small>	to keep, to preserve	保存

内容理解

雨および雪の採取について、a〜fに言葉を入れ、表を完成させなさい。

採取期間	雨　1990年5月19日〜（a.　　）年12月11日 雪　1990年11月21日〜（b.　　）年2月5日
採取場所	山形大学工学部　研究棟　屋上 <small>とう　おくじょう</small>
採取方法	雨 雪 （c.　に）（d.　に）　ビニール袋に→研究室で（e.　） <small>ふくろ</small> ⇩ フィルターでろ過→ビンに入れ冷蔵庫に（f.　　　） <small>か　　　　　　　　れいぞうこ</small>

論文B　「企業内研修にみる文化摩擦」

本　文

筆者は何を材料に文化摩擦について分析したのか。
<small>まさつ　　ぶんせき</small>

2　分析資料

¹筆者は、この大手証券会社の海外新人研修プログラムに6年にわたって加わった。²毎回研修終了後、研修を受けた新人社員たちのアンケートを実施し、彼らの反応の一端を知ることができた。³これを本稿の素材として使いたい。

⁴アンケート調査は1982年度の第1回企業研修時より毎年行なわれているが、本稿をすすめるにあたっては、1984年度および1986年度のものを中心におき、他のアンケートは随時参考にしていく。

⁵1984年度と1986年度の企業研修は、6カ月と3カ月にわたってそれぞれ行なわれ、研修生は、ロンドン、ニューヨーク、ジュネーブ、チューリッヒ、シドニー、香港、シンガポール、ソウルから合計62名（男性58名、女性4名）が参加した。

【語　句】

1	加わる	to join	参加
2	一端	a part	一部分
3	素材	material	材料
4	随時	as occasion arises	随時
	参考	reference	参考
5	ロンドン	London	倫敦
	ニューヨーク	New York	紐約
	ジュネーブ	Geneva	日内瓦
	チューリッヒ	Zurich	蘇黎世
	シドニー	Sydney	雪梨
	香港	Hong Kong	香港
	シンガポール	Singapore	新加坡
	ソウル	Seoul	漢城

内容理解

（　　　　　）に適当な言葉を入れ、本文を要約しなさい。

・海外新人研修における文化摩擦を分析するため、素材として用いるものは、（　　　　　）終了後、実施した（　　　　　）である。その数は（　　　　　）名分である。研修生はロンドン、ニューヨーク、ジュネーブなど世界各地から参加している。

構　造

◆　本論

本論では、次のような内容が書かれる。

Ａ【実験・調査型】

（1）研究課題についてどのように実験・調査する／したのか…　方法

（2）どんな結果が得られたのか……………………………………　結果

（3）結果をどうとらえ、どう考えるか……………………………　考察

（4）課題はどのように達成されたか………………………………　本論内での結論／まとめ

Ｂ【理論型】　専門によってかなり違い、決まった展開を提示するのは難しいが、次のような内容が書かれることが多い。

（1）どんな理論を用いるのか………………………………………　理論

　　　研究テーマをどのように分類するのか………………………　分類

　　　用語などをどのように定義するのか………………………　定義

（2）（1）をもとに分析・考察………………………………………　考察

（3）課題はどのように達成されたか………………………………　本論内での結論／まとめ

第10課から読み進めている論文Ａ・論文Ｂはともに、筆者が行った実験・調査に基づくものである。まず、実験・調査の方法がどのように述べられるのか、見てみよう。

1.実験・調査型の方法

①　いつ実験／調査したか　　　　　　　……　実験／調査時期	
②　だれ／何に対して実験／調査を行ったか……　対象者／対象物	
③　何を実験した／調査したのか　　　　……　実験／調査項目	
④　どのように行ったのか　　　　　　　……　手順、使用器具・使用材料	
⑤　時期・対象者／対象物・実験／調査項目等　　　　についてなぜそうしようとしたのか　……　決定／選択理由	

具体的には、次のような文型・表現が使われる。

①実験・調査時期：・（時期）に調査を実施した／行った

　　　　　　　　　　・調査はＡからＢにわたって行われた

②対象者：　　　　　・〜を調査対象とした　・〜を対象に／〜に対して調査を行った

③調査項目：・～について調査を行った　　　　　・調査項目は以下のとおりである

④手　順：　・まず、～をした／行った　次に～　さらに～

　　　　　　・～した後、～を分析した／測定した／求めた

　使用器具：・～には……を用いた／使用した　・～は……を用いて行った

　材料説明：・～によって、測定した／観察した／計算した

⑤決定・選択理由：・～のは……ためである　　　・～ため、ここでは……

2.理論型の論文では、論じようとする事柄について、本論のはじめに分類や定義が書かれることが多い。分類と定義の文型・表現には次のようなものがある。

①分　類：・～は、……に分類される　　　　・～を分類すると、……になる

　　　　　　・（本論では）～を……に分類する　・～には、……と……がある

②定　義：・～は……と定義される　　　　　・～とは、……のことである

　　　　　　・～とは……を指す　　　　　　・（本論では）～を……と定義する／考える

　　　　　　・（人名）は、～を……と定義している／定義した

言葉の練習

1.（　　）に論文でよく使われる言葉を入れ、2つの文をだいたい同じ意味にしなさい。

（1）雨は屋上の1地点で採って、集めた。

　　＝降雨の採取は屋上の1地点（　　　　　　　　）行った。

（2）電気伝導度は、Y社が作った電気伝導度計で測った。

　　＝電気伝導度は、Y社の電気伝導度計（　　　　　　　　）測定した。

（3）調査は1982年度の第一回研修のときから毎年行なわれている。

　　＝調査は1982年度の第一回研修時（　　　　　　　　）毎年実施されている。

2．次の言葉を、意味が分かりやすくなるように意味のまとまりで分けなさい。例）発話/内容

　（1）観測地点　　　　　（2）判断可能　　　　　（3）研究棟屋上

　（4）大型発生源　　　　（5）大手証券会社　　　（6）毎回研修終了後

第12課　　論文を読む③　本論その２

読む前に

論文Ａ「降水に含まれる無機成分の化学的特徴」（本文P.108〜）

　内陸部でも海岸部と同様に酸性の雨や雪は見られたと思いますか。

論文Ｂ「企業内研修にみる文化摩擦」（本文P.115〜）

　日本企業側と海外新入社員との間で起こる、一番の問題は何だと思いますか。

論文Ａ「 降水に含まれる無機成分の化学的特徴 」

本　文

　実験からどのようなことが分かったのか。筆者はその結果をどう考えたか。

3　結果と考察

3.1　pH、電気伝導度および無機溶存成分の濃度

[1]表1に降水のpHと電気伝導度の値および無機溶存成分の濃度の観測結果を示す。[2]試料数は降雨が27、降雪が20である。[3]pHの最も低い降雨は4.21、降雪は4.14であった。[4]pH5.6より高い値を示した降雨の２例を除いてすべて酸性であった。[5]降水のpH分布を図1に示す。[6]降雪は降雨に比べて低いpH値に偏っており、その範囲もpHの値で約１以内であった。

[7]また、1990年におけるpHの平均値は降雨が4.8、降雪が4.7であった。[8]なお、pHの平均値はそれぞれのpHの値を一度水素イオン濃度にもどしてから平均し、その平均値を再度pHに変換する方法で求めた。

[9]次に、pHすなわち、水素イオン濃度〔H^+〕と電気伝導度（以後、ECとする）の関係を図2に示す。[10]今回採取した降雨の〔H^+〕はほぼ正比例しており、相関係数は0.938であった。[11]また、相関性の強いイオン同士は類似した起源をもち、同じように行動していると考えられる。[12]降水試料の〔H^+〕、ECの値および無機溶存成分の濃度について、それぞれの相関係数を求めたところ、降水ではCa^{2+}-Mg^{2+}が、降雪ではNa^+-Cl^-の組み合わせが最も強い相関を示した。

108

表1　降水におけるpH、電気伝導度および無機溶存成分の濃度の値

		最小値	最大値	中央値
pH	降雨	4.21	5.77	5.02
(－－)	降雪	4.14	5.18	4.74
EC	降雨	2.7	33.6	9.5
(μs/cm)	降雪	6.4	101.7	17.9
Na^+	降雨	0.01	0.63	0.08
(ppm)	降雪	0.08	3.93	0.49
K^+	降雨	0.01	0.30	0.08
(ppm)	降雪	0.03	0.68	0.20
Ca^{2+}	降雨	0.01	0.25	0.04
(ppm)	降雪	0.02	0.84	0.20
Mg^{2+}	降雨	0.001	0.220	0.014
(ppm)	降雪	0.010	1.800	0.090
Cl^-	降雨	0.05	2.44	0.34
(ppm)	降雪	0.41	21.9	1.92
NO_3^-	降雨	0.07	1.58	0.37
(ppm)	降雪	0.01	3.46	0.35
SO_4^{2-}	降雨	0.01	3.56	1.08
(ppm)	降雪	0.23	5.65	1.43

【語　句】

	電気伝導度	conductivity	電導率
	無機溶存成分	soluble inorganic components	溶解的無機成分
	濃度	concentration	濃度
1	値	value	値
	観測	observation	觀測，觀察
5	分布	distribution	分佈
6	偏る	to be imbalanced	偏向於
	範囲	range	範圍
8	水素イオン	hydrogen ion	氫離子
	再度	again	再次
	変換する	to convert,to calculate	變換
10	正比例	a direct proportion	正比例
	相関係数	correlation coefficient	相關係數
11	類似する	to resemble	類似，相似
	起源	origin	起源

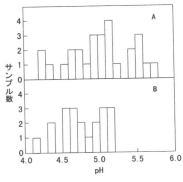

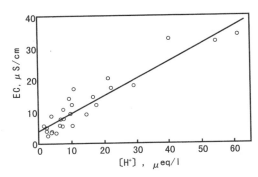

図1　降水のpH値分布　A:降雨 (n=27)
　　　　　　　　　　　　B:降雪 (n=20)

図2　降水における水素イオン濃度と
　　　電気伝導度の関係

3.2　気象条件による成分の濃度変化

3.2.1　降雨量とpHの関係

　[13]大気に浮かぶ粒子は、地上に降下する過程として、そのまま降下する場合（乾性降下物）と、雨や雪などに取り込まれて降下する場合（湿性降下物）とがある。[14]特に、後者の場合、大気中の粒子は降水に取り込まれるため、大気は浄化される。[15]ECの値は降水中に含まれる電解質の濃度の尺度として利用され、値が大きいほどイオンなど電解質が多く溶け込んでおり、より汚染度が高いことになる。[16]また，その値は一般には降水量に反比例するが、その時の環境条件、特に気象条件によって左右されることが考えられる。[17]そこで、降雨のECの値と降水量[4]との関係を採取日の順にまとめたものが図3である。[18]ここでは図2で示したように、〔H^+〕はECの値に正比例しているので、酸性雨問題との関連性からECの代わりにpHの値を用いた。[19]図から明らかなように全体的に見ると、降雨量とpH値は周期的に変動しながら大気の浄化が行われており、降雨量が少ない時にはpH値が低い、

---

4) 山形地方気象台、山形県気象月報、1990年5月〜12月、1991年1月〜2月

【語　句】

13	粒子	particle	粒子
	乾性	dry	乾性
	湿性	wet	濕性
15	電解質	electrolyte	電解質
	尺度	scale	尺度
	汚染度	degree of pollution	汚染的程度
16	反比例する	to be in inverse proportion	成反比例
	左右する	to decide	左右・決定
19	周期的に	periodically	週期地

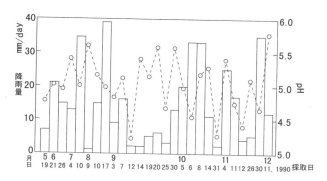

図3　降雨採取日におけるpH値(○印)と降雨量（棒グラフ）の関係

すなわち、酸性度が強い傾向があることが分かる。

[20]しかし、部分的にみると、9月14日から30日の間においては、降雨量が少ないにも関わらずpHが高い値を示している。[21]これは19日、20日および30日の降雨は雨量の少ない、いわゆる風台風の時のもので、強風によって大気が浄化され、それがpHの値を高めたものと考えられる。[22]12月11日の降雨も同様な条件であった。[23]9月14日の降雨は最大風速8m/s、平均風速が2.5m/sの風が吹いており、大気に浮かぶ物質は拡散して薄くなっていることがうかがえる。[24]このときのECの値が3～6μS/cmと非常に低くなっていることもこの事実を裏付けている。[25]降雨量の最も少ない8月9日にもpH値は5.60と高くなっているが、これは積乱雲による局地的な集中降雨であり、ほかからの影響を受けていないためである。[26]これらとは逆に、降雨量が多いにもかかわらず、pHが低い値を示している場合には、西からの風が観測された。

3.2.2. 海塩粒子の輸送に及ぼす季節風の影響

[27]内陸部にある米沢地方の冬は北西あるいは西北西の季節風が吹くために、降雪中の無機成分の濃度は日本海で空中に巻き上げられた海水の影響を受けるものと考えられる。[28]3.1節でも述べたように、降雪中の無機成分の中で海塩の主成分でもあるNa^+とCl^-濃度の相関は非常に高かった。[29]Cl^-濃度に対するNa^+濃度をプロットした結果を図4に示す。[30]図中の破線は海水中のNa^+対Cl^-濃度の比率[5](0.56)であるが、2、3点の例外を除けば、降雨お

5) 日本海洋学会編、海洋観測指針、p.145（1990）

【語　句】

24	裏付ける	to prove, to confirm	確認，證明
25	積乱雲	cumulonimbus	積雨雲
	局地的な	regional	局部的
29	プロットする	to plot	用圖表示

よび降雪ともにほぼ〔Na$^+$〕/〔Cl$^-$〕の直線に沿っており、海塩からの影響が大きいことが確かめられた。[31]特に、降雪の場合は降雨に比べて濃度は10倍濃くなっており、これは季節風の影響と考えられる。[32]また、高濃度になるほど、Na$^+$に対するCl$^-$濃度の比率が高くなる傾向にあるが、この原因については今後、検討を要する問題であろう。

3.3 他調査地点との比較

[33]環境庁の酸性雨第一次調査[2)]、山形県の調査[6)]、筆者らの前報[7)]と本報のそれぞれの平均値をまとめたものを表2に示す。[34]また、図5は主な調査地点の位置関係を示したものである。[35]表中のバックグラウンドの値[※]は環境庁の第一次調査地点のうち、日本の清浄地域と考えられる5地点のデータを範囲で表したものである。[2)3)]

[36]まず、降雨について見てみると、pHの値はどの地域でも4.7程度であり、全国的に酸性雨が降っていることがわかる。[37]また、日本海沿岸にある酒田市の値は、環境庁の第一次調査の値と比べて、Na$^+$とCl$^-$の濃度が幾分高いものの、ほぼ類似している。

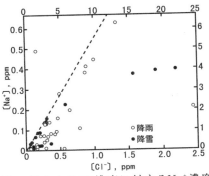

図4 降水中のCl$^-$濃度に対するNa$^+$濃度の関係 （破線は海水中のCl$^-$濃度に対するNa$^+$濃度の比率を表す）

図5 調査地点の位置

2)玉置元則、小山功、大気汚染学会誌、26、1 (1991)　3)玉置元則他、日本化学会誌、1991、667
6)山形県環境保健部、山形県環境白書、p.18 (1989)　7)志田惇一、小沢正宣、山形大学紀要（工学）、21、83(1991)

※バックグランドの値とは、人間活動の影響がない、自然のままのきれいな場所での測定値をいう。

【語　句】

30	破線	broken line	虛線
	ほぼ	approximately, almost	大體
	沿う	to run along	沿著
35	清浄な	clean	乾淨，清潔
37	幾分	somewhat	稍微

表2　降水におけるpH、ECおよび無機溶存成分の平均値

調査地点		pH (ー)	EC (μs/cm)	SO_4^{2-}	NO_3^-	Cl^-	NH_4^+	Ca^{2+} (ppm)	Mg^{2+}	K^+	Na^+
全国平均値		4.7	—	2.64	0.96	3.82	0.39	0.52	0.26	0.18	1.97
日本のバックグラウンドの値 （清浄地域での値）		< 5.0	10 ～15	1.0 ～1.5	0.3 ～0.4	0.5 ～0.8	0.10 ～0.15	0.10 ～0.15	0.03 ～0.05	0.03 ～0.05	0.3 ～0.4
酒田 （1989）	降雨	4.6	36.5	2.33	0.81	6.61	0.37	0.25	0.47	0.17	3.59
	降雪	4.7	70.4	4.60	1.01	14.20	0.43	1.11	1.00	0.35	8.07
山形 （1989）	降雨	4.6	15.5	1.48	0.72	0.73	0.39	0.12	0.06	0.03	0.29
	降雪	5.3	37.0	5.35	1.66	3.53	0.85	2.83	0.22	0.14	1.79
米沢 （1989）	降雨	4.7	12.0	2.23	1.01	0.42	0.57	0.12	0.02	—	0.18
	降雪	4.7	30.5	1.98	1.13	3.77	0.63	0.38	0.38	—	1.66
米沢 （1990）	降雨	4.8	12.3	1.14	0.52	0.50	—	0.07	0.03	0.12	0.16
	降雪	4.7	29.4	2.21	0.72	4.49	—	0.26	0.33	0.23	1.17

[38]内陸部である米沢市の値は日本のバックグラウンドレベルにあるが、NH_4^+とNO_3^-の値が少し高い。[39]これは稲作や酪農が多く営まれているといった生活環境による地域的な影響が表れているものと考えられる。

[40]次に、降雪のデータに関しては、環境庁の第一次調査の対象になっていないため、山形県の3市について比較した。[41]降雨に比べ、降雪の測定値はどの市においても高い値を示している。[42]特に海水中に多く含まれるNa^+およびCl^-の濃度は、降雨での値より著しく高い。[43]また、降雪中のCa^{2+}とSO_4^{2-}の濃度は酒田市と山形市の値が高く、米沢市では全国平均値を下回っている。[44]海岸部における降雪中の無機成分濃度に関しては、陸風により海塩粒子がほとんど含まれず、低濃度である場合がある一方、これとは逆に、陸上の汚染物質を比較的多く含み、高濃度になる場合もあり[8]、まだ解明にはいたっていない。[45]加えて、同じ内陸部であるにもかかわらず、異なる特徴がみられる山形市と米沢市についても原因分析にはさらなる調査が必要である。[46]降雪に関する報告例は少ないので、データ収集およびその解析は今後の課題としたい。

8)文部省国際学術研究平井班、平成2年度文部省科学研究費研究報告書、No.2, p.27（1991）

【語　句】

39	稲作	rice growing	稲米栽培
	酪農	dairy farming	酪農

営む <ruby>営<rt>いとな</rt></ruby>む	to run	經營，從事
42 <ruby>著<rt>いちじる</rt></ruby>しく	remarkably	顯著地
44 <ruby>解明<rt>かいめい</rt></ruby>	solution	解決
45 さらなる	further	進一步
46 データ<ruby>収集<rt>しゅうしゅう</rt></ruby>	data collection	資料收集

内容理解

1. 「3.1　pH、<ruby>電気伝導度<rt>でんきでんどうど</rt></ruby>および<ruby>無機溶存成分<rt>むきようぞんせいぶん</rt></ruby>の<ruby>濃度<rt>のうど</rt></ruby>」でわかったことは何か。合うものに○をつけなさい。

（　　　）（1）<ruby>酸性雨<rt>さんせいう</rt></ruby>だったのは、２例である。

（　　　）（2）降雪のpHより降雨のpHのほうが広がりが大きい。

（　　　）（3）降雨の水素イオン濃度［H^+］と電気伝導度との関係は<ruby>比例<rt>ひれい</rt></ruby>の関係である。

2. 「3.2.1　降雨量とpHの関係」について、（　　　）に適当な<ruby>言葉<rt>ことば</rt></ruby>を入れなさい。

・降雨量とpH値は（a.　　　　　　）に変動しながら、大気の<ruby>浄化<rt>じょうか</rt></ruby>が行われている。

・通常、雨が少ない時、pH値は（b.　　　　　　）。＝酸性度が高い。

・例外の場合について（c.　文番号　　　　～　　　　）

〈例外１〉　９月14日から30日の間と、12月11日。

雨が少ないのに、pH値が（d.　　　　　　）。

原因<ruby>考察<rt>こうさつ</rt></ruby>：（e.　　　　　）によって大気が浄化されたため

〈例外２〉　８月9日　降雨量が最も少ないのに、pH値が高い。

原因考察：他からの影響がない（f.　　　　　）な集中降雨のため。

〈例外３〉　降雨量が多いのに、pH値が低い場合

原因考察：西からの風のため。

3. 「3.3 他調査地点との比較」について、合うものに○をつけなさい。

（　　　）（1）　降雨に関するpH値は 内陸部でも全国平均値と変わらない値が出ている。

（　　　）（2）　内陸の<ruby>米沢市<rt>よねざわし</rt></ruby>の値は、地域的な理由によりNa^+およびCl^-の濃度が高い。

（　　　）（3）　降雪に関しては、データが少ないため、原因解明はこれからである。

論文Ｂ「企業内研修にみる文化摩擦」

本 文

日本企業側と海外新入社員の間で起こる問題について、筆者はどのように分析したのか。

3　研修のゴールと研修方法についての認識の相違（ギャップ）

[1]アンケート結果より、海外研修生と日本企業側の新人研修に対する大きな認識のギャップがあったことがわかる。

「[2]オン・ザ・ジョブ・トレーニング（On the Job Training,OJTと 略）では、講義ではなく実践の場での仕事のノウ・ハウを習得したかった」（ニューヨーク）

「[3]会社の概要を知るにはよい機会だったが、ロンドンへ帰ってからする仕事に関連した具体的なこと、セールスの仕方などは、研修が十分ではなかった。」（ロンドン）

「[4]講義では、広い意味での経済全般に関する情報を与えてはくれたが、もっと専門的なレベルでの実践研修に時間をさいてほしかった」（シンガポール）

[5]いうまでもなく企業側は海外新入社員のための研修プログラムにはそうとう配慮をしている。[6]にもかかわらず、海外新入社員の多くがこのような感想を抱いてしまうのはなぜだろうか。

【語　句】

1	認識	recognition	認識
2	実践	practice	實踐
	ノウ・ハウ	know -how	訣竅
	習得する	to learn	學會
3	概要	an outline , a short summary	概要
4	全般	the whole	所有方面
	時間をさく	to allocate time	騰出時間
5	いうまでもなく	needless to say	不用說
	配慮	consideration	思考到
6	にもかかわらず	although	（儘管）可是
	抱く	to have within one's mind	懷有
7	欧米諸国	Western countries	歐美各國

⁷最初に指摘したいのは、欧米諸国において、企業の新人研修の目的といえば、明日から職場にでて仕事をするためのノウ・ハウが主たる目的だということである。⁸どこの証券会社にいても、一人前のビジネスマンとして通用するノウ・ハウを習得すること、つまり、自分が選んだ証券業界で一人前に仕事ができるかどうか、それが海外新入社員にとって最大の関心事である。⁹こういう意識を基盤にして自分の人生設計をしている欧米のビジネスマンは転々と勤め先を替え、替えながら自分の地位を向上させていく。¹⁰一般にそのような価値観の持ち主の集合体が欧米の企業なのである。

¹¹これに対し、日本の企業は、実際に仕事ができるビジネスマンを育成する前に、その企業に帰属し、その企業の一員として働く、よりよい「会社員」を育成しようとするのである。¹²そこに人づくりの基礎がある。¹³企業の一員として仕事をしようとする意識が高まれば、あとは配属された部署に身をおくことで、仕事のノウ・ハウはおのずと習得できるはずだという認識がある。¹⁴帰属意識を明確にもち、会社に「溶けこむ」努力をすることのほうが、仕事のノウ・ハウを習得するよりもはるかに大切なのである。

¹⁵また、帰属意識を期待する会社は、団体行動によって会社の一員としての自覚を高めさせようとする。¹⁶ことあるごとに集団行動を求められることについて、海外新入社員からは、「なぜプライベートな時間までも団体で行動しなければならないのか」、「われわれは子どもではない」といった不満の声が聞かれた。

¹⁷帰属意識を最優先させる日本企業を「共同体型」とすれば、ウイリアム・G・オオウチのいう「部分的参入」⁽¹⁾を前堤とする欧米企業は「個人集合体型」と名づけることができる

---

(1) ウィリアム・G・オオウチ／徳山二郎（訳）『セオリーZ』、CBSソニー出版、p.82、1982年。

【語　句】

9	人生設計	life plan	生涯規劃
11	育成する	to train	培養
	帰属する	to belong to	歸屬
13	配属する	to assign	分配
	部署	a station	部門
	おのずと	naturally	自然地
14	はるかに	much	更加
15	自覚	awareness	自覺
17	最優先	a top priority	最優先
	前提とする	to presuppose	為前提

かもしれない。[18]海外新入社員は、たとえ日本企業で働いていても、会社への帰属意識も会社への一体感も持とうとはしないだろう。[19]彼らにとって最優先するものとしてあるのは、ビジネスマンとしての独立した個人である。[20]「個人」と「組織」が意味するものが日本と欧米では大きく異なるのである。

[21]実際に、同社の海外新人研修プログラムの内容と構成は、会社のそのような認識を正確に反映するかのようなものであった（図1）。[22]研修は、まず、一連の「一般知識」習得のための講義がつづ

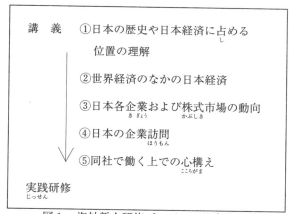

図1 海外新人研修プログラムの内容と構成

き、その後に実践研修が組まれていた。[23]しかし、実践研修とはいっても、講師を招いての講義を中心としたものが多く、研修生が期待していた専門的なOJTとは質的に大きな相違があった。[24]また、研修方法も、講師が研修生に向かって一方通行のコミュニケーションで行なわれ、日本の講義形式自体にとまどいを感じた研修生も多かった。

4 みえざるコミュニケーション

[25]海外新入社員の日本の研修に対する期待感のズレや認識ギャップをさらに大きくしてしまったものが、日本人独特のコミュニケーション・スタイルである。[26]アンケートの中には、コミュニケーションの欠落をなげく声が多く聞かれた。

【語 句】

19	独立した	independent	獨立的
22	一連の	a series of	一系列
	組む	to set up	組成
24	とまどい	confusion	困惑
	みえざる	invisible	看不見的
25	ズレ	a difference	不一致
26	欠落	lack	欠缺
	なげく	to deplore	嘆息

「27何かいいたいことがあれば率直にいってほしい。28三週間も後になっていうくらいなら、なぜその場でいってくれないのか。」（ロンドン）

「29実践の場にいっても、みな忙しそうにしていてだれも相手にしてくれず、机の前にすわって時間をつぶすしかない。」（香港）

「30日本人は説明にしても、自分の意見にしてもはっきりと述べられる人があまりいないと思う。31本当にいいたいことはいわずに隠してしまう。32日本人を理解するのは時間がかかる。」（シドニー）

33これはコミュニケーションの上で微妙に思惑が食い違うといったことではなく、もっと直接的にコミュニケーションが欠落している、あるいは不足しているという指摘である。

34日本企業においては、慣習として無意識的に、あるいはそのほうが効率がいいからという意識的な理由から、言葉によるコミュニケーションが著しく節約されている面がある。

35たとえば、実際は、正反対に意見が異なる対立があっても、それが公然たる場所で議論されることがきわめてまれで、「暗黙のうちに」決定され、処理される。36あるいは、新入社員が実際に仕事を覚えていくとき、先輩社員は言葉によって何かを指示することがなく、ある行動によってある結果をだしてみせ、それを「暗黙のうちに」後輩たちが学んでくれることを期待する。

37しかし、これは何も伝達していないというのではない。38表向きに語られなくても問題がいつのまにか処理されているとすれば、また日本人の新入社員が暗黙のうちに先輩社員から仕事の仕方を学んで身につけていくとすれば、そこにはコミュニケーションがないの

【語　句】

27	率直に	frankly	直率地
33	微妙に	subtly	微妙地
	思惑	expectation , motive	想法
	食い違う	to differ	不一致
	指摘	pointing out	指出
34	効率	efficiency	効率
35	公然たる	open, public	公然
	まれな	rare	罕見
	暗黙の	implicit	默不作聲
36	指示する	to indicate , to teach	指示
38	表向きに	outwardly	表面

ではなく、コミュニケーションの仕方が異文化のなかで育った人たちにとってはきわめて
みえにくいということであろう。

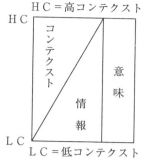

図2　コンテクストと情報の関係

[39]エドワード・T・ホールは、このようなノンヴァーバル
（非言語）・コミュニケーションがたやすく成立する社会を
「コンテクスト(context)度の高い文化」と規定した[2]。[40]社会
全体に濃密な「つながり」が張りめぐらされ、人々は無言の
「つながり」によりかかって生きている。[41]それが「コンテ
クスト度の高い」文化であり、社会である。

[42]そしてエドワード・T・ホールがモデルとして提示した図2に見るように、コンテクス
ト度が高くなれば高くなるほど表立って交わされる情報は少なくてすむ。[43]つまり、言葉に
頼らない、インプリシットな(implicit)コミュニケーションが横行する社会になる。[44]逆に人
間が基本的に孤立している社会、「つながり」のない社会では、それが健全に維持されるた
めには、多量の情報が必要とされ、言葉によるエクスプリシットな(explicit)コミュニケー
ションがさかんに行なわれる。[45]若い多民族国家であるアメリカ合衆国は、コンテクスト度
の低い社会の典型的な例であり、コンテクスト度のもっとも高い文化の代表としては日本
があげられている。[46]もちろん、両者のこの相違自体は、善悪や優劣を示しているわけで
はない。[47]文化によってコミュニケーション方法がまったく異なるのである。

[48]「株式会社」という西欧の近代資本主義社会が生んだ組織において、「空気」のような

(2)Hall,E.T. Beyond Culture.*Anchor Book* ,1977.p.102／岩田廣治・谷泰（訳）『文化を越えて』、TBS
ブリタニカ、1979年。

【語　句】

39	規定する	to provide	規定
40	張りめぐらす	to surround	圍上
43	横行する	to swagger	横行
44	健全に	healthy	健全地
	維持する	to maintain	維持
45	典型的な	typical	典型的
48	株式会社	an incorporated company	股份公司
	西欧	the West	西歐

ものが伝達手段になっているというきわめて特異な姿を日本企業に確認できるのである。[49]無言のうちに作りだされているこの「空気」から何かを受けとり、それに対応するということは、海外新入社員にとってはやはり非常に困難なことであろう。[50]言葉によるコミュニケーションの欠落は、コミュニケーションの最大の手段である言葉がはじめから奪われているという点で、会社と海外新入社員のあいだの相互理解にとって厚い障壁になっているといわざるを得ないのである。

5. 効果的なコミュニケーションをめざして

[51]異文化間のコミュニケーション・ギャップは、異なった文化のなかで生れ育った人間同士のあいだではほとんどが必然的に生じるものである。[52]相手に対する批判や非難をしていたのではギャップは広がるしかない。[53]異文化間コミュニケーションが建設的かつ有効に行なわれるためには、まず異なった文化があり、そのなかで育った人間がいるという「文化的差異（ギャップ）」の存在を認め、そこからスタートすることが必要であろう。[54]同一文化内では、非常に効果的であると思われる研修方法も、文化的コンテクストが違う他の文化の人にはまったく通用せず、かえって誤解を招く原因となり逆効果になりかねない。[55]時間をかけてギャップの諸相をみきわめ、自国の文化的価値観にとらわれず、相手の文化コンテクストを考慮に入れた上で、できるだけ全体的にものごとをとらえることがまず必要になる。

〜〜〜〜〜〜〜〜〜〜〜〜〜〜〜〜〜〜〜〜〜〜〜〜〜〜〜〜〜〜〜〜

【語　句】

	近代資本主義社会	modern capitalistic society	近代資本主義社會
	特異な	unusual	特別
50	奪う	to take away	奪取
	相互理解	mutual understanding	互相理解
	障壁	a wall	障礙
51	必然的に	inevitably	必然地
52	批判	criticism	批評
	非難	blame	非難
55	諸相	various aspects	各種樣子
	みきわめる	to see through	看透
	考慮	consideration	考慮

⁵⁶筆者は、日本の会社が行なっている研修プログラムすべてを外国人社員のために変える必要はないと思っている。⁵⁷日本の文化のなかで日本人に効果的とされ、よく機能している研修プログラムがどんなものであるのかを彼らが知るのは、大切なことであり、その違いを知ることによって、よりよく日本企業というものを理解できると思うからである。⁵⁸大切なのは、会社の帰属意識を高めるという、日本人にとっては当然と思われる研修方法も、実は、日本の文化が生みだした日本人に特有の研修方法であるということを認識することである。⁵⁹この認識さえあれば、会社側は、日本の研修の目的が「人づくり」であり帰属意識を高めるためのものであることを、事前にはっきりと海外研修社員に示すことができる。⁶⁰そうすることで、研修の初期の段階で海外研修社員の研修に対する認識ギャップのズレをただすことができるであろう。

【語　句】

58　特有の	unique	特有的
60　ただす	to correct	改正

内容理解

1. 「3　研修のゴールと研修方法についての認識の相違（ギャップ）」について、考えなさい。

(1)どのように論が展開されたか、a～dを順に並べなさい。

（ a. ）⇒（　　　）⇒（　　　）⇒（　　　）

a. アンケート結果から注目すべき感想を紹介

b. 欧米企業と日本企業における研修の目的の違いを指摘、検討

c. 研修生の感想を裏づける研修の実態を紹介

d. なぜこのような感想をもつのか。疑問提示

(2)研修に対する認識の違いについて、次の表の空らんをうめなさい。

	欧米諸国の企業	日本の企業
研修の目的	すぐに仕事ができるノウ・ハウの習得	企業への（a.　　　　　）意識を明確にし、企業の一員として働く「会社員」の育成。そのため、（b.　　　　　）行動を求める。
型	「個人集合体型」	「c.　　　　　　　　」

121

2.「4　みえざるコミュニケーション」について、考えなさい。

(1)　どのように論が展開されたか、a〜eを順に並べなさい。

（　a　）⇒（　　　）⇒（　　　）⇒（　　　）⇒（　e　）

a.もうひとつの問題点である、コミュニケーション・スタイルについての指摘

b.エドワード・T・ホールの説を引用して違いを説明

c.言葉のないコミュニケーションについての筆者の考え

d.研修生の感想を紹介

e.まとめ

(2)筆者は日本企業におけるコミュニケーション・スタイルの特徴から、海外新入社員との
ズレをどのように分析したのか。次の①、②について（　）に適当な言葉を入れなさい。

①　言葉によるコミュニケーションの不足

日本企業においては、言葉によるコミュニケーションが節約されている面がある。

理由：・慣習として（　　　　）に　　・言葉を使わないほうが効率がいい

例　：・意見が異なっていても、「暗黙のうちに」決定されていく。

・先輩は新入社員に言葉で指示せず、（　　　　　　）によって結果を見せ
る。後輩は「暗黙のうちに」仕事を覚えていく。

筆者の考え：

コミュニケーションがないのではない。コミュニケーションの仕方が文化の異なる人に
は、とても（　　　　　　）のである。

②　コンテクストの高い文化

エドワード・T・ホールの理論を引用：

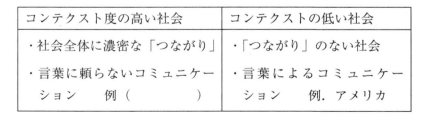

コンテクスト度の高い社会	コンテクストの低い社会
・社会全体に濃密な「つながり」	・「つながり」のない社会
・言葉に頼らないコミュニケーション　例（　　　）	・言葉によるコミュニケーション　例.アメリカ

筆者の考え：

言葉によるコミュニケーションの欠落は、（　　　　　）にとってきわめて厚い壁に
なっている。

3.　「5.　効果的なコミュニケーションをめざして」について答えなさい。

異文化間のコミュニケーションの問題を解決するためには、何が必要だと筆者は述べているか。簡単にまとめなさい。

構　造

1. 結果と考察の組み立て方は、大きく分けると2つある。

(1)　《結果1・考察1》　→　《結果2・考察2》　→　《結果3・考察3》　→　帰結

(2)　《結果1・結果2・結果3》　→　《考　察》　→　帰結

2. 結果・考察部分には次のような文型・表現がよく用いられる。何が書かれているか見当をつけるのに、太字の語句に着目するとよい。

結果　(1) 図表提示　　　：・〜を　図/表に　示す。図/表に〜を示す。

　　　(2) 図表データ説明：（第5課　「言葉の練習」参照）

　　　(3) 結果提示　　　：・〜した ところ/結果、〜が得られた/〜が確認された

　　　(4) 結果から読み　：・〜がうかがえる/認められる・〜から…ことが明らかである
　　　　　　取れること　　・これは〜を示している/表している
　　　　　　　　　　　　　・〜から/これより…ことがわかる

考察　(1) 結果判断　：・〜と思われる/考えられる

　　　(2) 原因考察　：
$$\left.\begin{array}{l}\text{これは〜ためと}\\ \text{〜によるものと}\end{array}\right\}\left\{\begin{array}{l}\text{考えられる}\\ \text{思われる}\\ \text{（推測/推察/解釈/判断）される/できる}\end{array}\right.$$

帰結　(1) 結論の切り出し：・このことから/以上の結果より

　　　(2) わかったことの確認：・〜が確認できた　　　　　・〜がわかった
　　　　　　　　　　　　　　　　・〜が明らかと/になった　・〜が示された
　　　　　　　　　　　　　　　　・〜が強く示唆された

　　　(3) 最終的なまとめ：・〜と言える/〜と言えよう

123

提言　問題解決への提言：・〜ことが　必要であろう／〜ことが必要である

　　　　　　　　・大切なのは／重要なのは、〜である　・〜てはならない

　　※論文Ｂ「5.効果的なコミュニケーションをめざして」は提言の例である。提言は

いつもあるとは限らず、結論部分に置かれることも多い。

【問い】論文Ａの文33〜39（p.112）を読み、前ページにある結果・考察の表現に線を引

きなさい。

言葉の練習

1.　下線の言葉を簡単に言い換えなさい。

（1）海外新入社員が日本企業の研修の目的を理解するのは容易なことではない。

（2）会社の概要を知るために研修に参加した。

（3）2つの実験結果においては、類似する点が数多く見られた。

（4）選挙の投票率はその日の天候によって左右される場合がある。

2.　（　　　　　）に入る言葉をa〜dから選びなさい。同じ言葉を2回使わないこと。

　　　　《　a. おのずと　　b. はるかに　　c. いちじるしく　　d. きわめて　》

（1）この10年で、コンピューターとその関連機器は（　　　　　）進歩したと言えよう。

（2）今回の大雨による被害金額は前回を（　　　　　）上回る金額となった。

（3）一つの目標に向かってみんなが一緒に行動することで、（　　　　　）親近感は生まれ

てくるものだ。

（4）2国間において、話し合いによる解決が実現しなかったことは、（　　　　　）残念な

ことである。

第13課　　論文を読む④　結論

論文A、Bについて、何をして何がわかったのか、簡単にふりかえってみましょう。

| 論文A 「降水に含まれる無機成分の化学的特徴」 |

本　文

序論で述べた研究目的に対してどのような答えが得られただろうか。

4. 結言

[1]以上、得られた結果をまとめると、次のようになる。

(1) [2]採取した降水のうち、降雨が27試料中25試料、降雪は20試料すべてがpH5.6以下の酸性であった。[3]最も低いpHの値は降雨で4.21、降雪で4.14であった。[4]降雪のpHの値は降雨に比べて低い方に偏っており，その範囲は約1以内であった。

(2) [5]降雨試料の水素イオン濃度[H^+]はＥＣの値に比例していた。[6]pHの値と降雨量との関係から台風などの強風による大気の浄化作用効果が認められた。

(3) [7]米沢市の降雨は全国のバックグラウンドレベルにあるが、NH_4^+とNO_3^-の濃度が高くなっている。[8]これは小都市の生活環境に起因する地理的な影響によるものと考えられる。

[9]今後はさらに観測を続け、年ごとの変化を追い、とくに降雪地域における気象条件との因果関係など統計的に処理していくことを課題としたい。[10]また、地上からの観測手段も取り入れて大気中に浮かぶ微粒子の特徴を明確にし、それらの発生起源の解明に向けて総合的な調査体制を確立する必要もある。

【語　句】

5	比例する	be proportional	成比例
9	因果関係	a causal relation	因果關係
	統計的に	statistically	統計的
	処理する	to treat	處理
10	微粒子	microparticle	微粒
	総合的な	overall	綜合的

125

この研究から明らかになったことに○をつけなさい。

（　　）（1）内陸部でも酸性雨・酸性雪が見られる。

（　　）（2）降雨の試料のpHのほうが降雪より酸性に偏っている。

（　　）（3）水素イオン濃度［H⁺］が低くなると、電気伝導度（EC）の値は高くなる。

（　　）（4）内陸部にある米沢市の無機成分濃度は、NH_4^+とNO_3^-以外は日本の清浄地域の値とだいたい同じレベルにある。

論文Ｂ「企業内研修にみる文化摩擦」

本　文

序論で述べた研究課題に対する答えは得られただろうか。

6. おわりに

　[1]本稿では、日本企業が行なった海外新入社員に対する企業研修を対象にし、日本企業と海外新入社員のあいだに生じた異文化間のコミュニケーション・ギャップを観察し、それについて分析をほどこした。

　[2]アンケートの事例分析より、日本企業と海外新入社員のあいだに存在する研修に対する認識ギャップのありようを把握する糸口をみいだすことができた。[3]まずはじめに、帰属意識を期待する日本の会社と、独立した個人であることを最優先させる海外新入社員とのあいだに、研修に対する目的、期待感についての大きな認識ギャップがあることが確認された。[4]また、コミュニケーション・スタイルの違いからくる両者の対立もみられた。[5]これは、非言語（ノンヴァーバル）コミュニケーションが社会のなかで占める位置と機能の違いが両者の誤解をさらに大きくする結果になった。[6]さらには、これらの問題をふまえ、海外新人研修のありかたと考え方について提言を行った。

　[7]今後、多国籍企業で働くビジネスマンはますます増えていくことだろう。[8]彼らが、文化の違いを乗り越えてさらに大きな企業戦力として効果的に働くためには、ビジネスの実践研修だけではなく、異文化認識を高め、その文化に特有なコミュニケーション・スタイルや文化的価値観を理解し、異文化間コミュニケーション能力を開発していくための研修（クロスカルチャー・トレーニング）を積極的に取り入れることがますます必要になっ

てくるだろう。⁹そしてこの研修は、外国人社員だけではなく、日本人社員も含めた両者を対象にした研修でなければならない。

¹⁰その一方で、日本企業は、「言葉なきコミュニケーション」の場にいつまでも安易にとどまっていてはならないという自覚が必要であろう。¹¹それは日本国内の同一文化のなかでは通じるとしても、外国人に対しては、みずから、コミュニケーションの回路を閉ざすことになりかねない。¹²少なくとも、言葉によってみずからの文化を「外部」の存在である相手にわからせようとする最低限の努力が必要だろう。¹³それは同時に、日本人がより主体的に、より正確にみずからの文化を把握することにもなるからである。

【語　句】

2	糸口	a clue	線索
	みいだす	to find	找到
3	最優先	a top priority	最優先
5	機能	function	功能
	誤解	misunderstanding	誤會
6	ふまえる	to be based on	立足於
	提言	a proposal	建議
7	多国籍企業	multinational corporation	跨國公司
10	安易に	easily	安逸
11	みずから	oneself	自己主動
	回路	a circuit	回路
13	主体的に	subjectively	主動地

内容理解

結論の内容と合うように、（　　　　）に適当な言葉を入れなさい。

　この研究では、日本企業が行なった海外新入社員に対する（　　　　　）を対象に、日本企業と海外新入社員のあいだに起こった異文化間のコミュニケーション・ギャップを観察し、分析した。

　その結果、日本人企業と海外新入社員のあいだには、研修に対する目的、期待感につい

ての大きな（　　　　　　　　）があることがわかった。また、コミュニケーション・スタイルの違いからくる両者の対立もみられた。

　今後、両者が効果的に働くためには、日本人も含めたクロスカルチャー・トレーニングが必要である。そして、日本企業も（　　　　　　　　）によって自らの文化を相手にわからせようとする努力が必要である。

構　造

1. 結論部分は、これまで行ってきたことを簡潔にまとめる部分である。ここには次のような内容が書かれている。

(1) ここではどのようなことを行ったか	…………目的と方法のまとめ
(2) 何が明らかになったか	…………結論の要約
(3) よかった点・悪かった点	…………自己評価
(4) これからどう発展させていくか	…………今後の課題

2. 具体的には次のような文型・表現が使われる。何が書かれているか、見当をつけるのに太字の語句に着目するとよい。

(1) 目的と方法の　・・以上、（本稿では）〜を試みた／検討した／行った／考察した
　　まとめ　　　・本研究／本稿では〜を……を通して／により明らかにした

(2) 結論：　　　・〜から〜ことがわかった　　・その結果、〜が明らかになった
　　　　　　　　・〜した結果、次／以下のような結論を得た
　　　　　　　　・以上をまとめると、〜ということ／次のようになる

(3) 自己評価
　　プラス面：　・〜が示されたと　言えよう／言える
　　　　　　　　・本稿により、〜ことが明らかになった
　　　　　　　　・本研究が〜したことは意義が深いと思われる
　　　　　　　　・〜ことが　できた／可能となった／可能である
　　マイナス面：　・〜については十分ではない／十分とは言えない
　　　　　　　　・〜は〜ことができなかった　・〜については明らかになっていない

128

（4）今後の課題：・～については／を　今後の課題としたい／する

・今後は～なければならないだろう／～する必要がある

・今後は～していきたい　　・～が今後の課題である

《練習》論文の結論部分を読んで，上記（1）～（4）にある文型・表現を探し，下線を引きなさい。一つ一つの専門用語にこだわる必要はない。

a．

　　以上、日本語学習者の言いさし表現習得について学習段階別に現状分析を行った上で、中上級の学習者にありがちな「……が／けど」の使いすぎの一つの要因として、指導書類の解説の不備があるのではないかという仮説をたて、それについて考察を進めてきた。その結果、この言い方を「……が／けど」の前で言い切る言い方と比較して、ていねいであるとする解釈に基づいて、学習者の正しい理解と習得の妨げとなるような解説が広く行われているという事実が明らかになった。その背景にはこの分野についてまだ未開拓の部分が少なくないという事情がある。この方面の検討をさらに進めるとともに、学習者に言いさし表現を教える際の効果的な指導法を考察することを今後の課題としたい。

　（佐藤勢紀子（1994）「中上級日本語教育における中断文「……が／けど」の扱い方」『東北大学留学生センター紀要第2号』一部改）

b．

　　本報では、リチウム電池の正極活物質の評価法の標準化を行うことを目的とし、集電体金属と電解液の組み合わせによる$LiMn_2O_4$の電池特性、クエン酸錯体法による$LiNiO_2$と$LiMn_2O_4$の合成とその電池活物質の評価を行った。その結果、以下の結論が得られた。

（1）集電体金属と電解液の組合せは正極の性能に大きな影響を与えることがわかった。

（2）クエン酸錯体法により合成した$LiNiO_2$の反応プロセスは、溶融炭酸塩中における酸素還元が関連している。

（3）合成したLiMnクエン酸錯体を熱分解する過程で$LiMn_2O_4$が生成することが判明し、$LiNiO_2$の反応と異なることが明らかになった。

　　このように、電池特性を支配している要因は複雑である。活物質の能力を正しく評価するために規約化すべき条件を明確化し、合理的な標準評価条件を設定することが今後の早急な課題である。

下線の言葉の意味として、適当なものを選びなさい。

(1) 今後は、発生起源の解明に向けて総合的な調査システムを<u>確立する</u>ことが重要である。

（　a．調べる　　b．見直す　　c．うちたてる　）

(2) pHの値と降雨量との関係から、強風による大気の浄化作用効果が<u>認められた</u>。

（　a．許可された　　b．(事実)があったと判断された　　c．予測された　）

(3) 日本人が言葉によって自分の文化を相手にわからせようと努力することは、外国人との
コミュニケーションをより深いものにするだろう。それは<u>同時に</u>、日本人自身が自
分の文化をより正確に把握することにもつながるのである。

（　a．もう一方では　　b．すぐに　　c．同じ時代に　）

(4) 外国人に対して言葉でコミュニケーションをしなければ、日本人みずからコミュニ
ケーションをする方法を捨ててしまうことに<u>なりかねない</u>。

（　a．なる可能性がある　　b．なるものだ　　c．なってしまうにちがいない　）

その他の構成要素
こうせいようそ

◆結論のあとに書かれているもの

1　参考文献
さんこうぶんけん

　論文を書くにあたり、引用したり、参考にしたりした文献についての情報が書かれてい

る。ここから文献の著者名、本や論文の題名、出版年、出版社などを知ることができる。
ちょしゃめい　　　　　　　　　　　　　　　　しゅっぱんねん

書き方は学会誌などの規定によりさまざまであるが、数例を紹介する。
がっかいし　　　きてい　　　　　　　　　　すうれい　しょうかい

(1)　<u>大屋文政</u>　<u>(1991)</u>『留学生の数学Ⅰ』東海大学出版会
　　　著者名　　出版年　書　名　　　　　出版社

(2)　<u>伊藤芳照</u>　<u>(1995)</u>「外国人学習者に対する表記の指導」『文字・表記の教育』<u>国立国語研究所</u>
　　　著者名　　出版年　論文題名　　　　　　　　掲載書名　　　　　発行所名
　　　　　　　　　　　　　　　　　　　　　　　　けいさい

(3)　<u>中沢健三</u>,　<u>石川島播磨技法</u>,　<u>Vol.31</u>,　<u>No.6</u>,　<u>391</u>　　<u>(1991)</u>
　　　著者名　　　書　名　　　　巻　　　号　　ページ　出版年

(4)　Baddeley,A.D. (1986). Working Memory. Oxford University Press

(5)　M.J.Molina and F.S. Rowland, *Nature*, 249, 810 (1974)

●論文Ａ、Ｂの文献リストを以下に示す。論文Ａでは、本文中の[1]、[2]…と文献が対応し

ている。論文Ｂでは、引用文献のほかに、論文中には現れていないが参考にした文献も含

まれている。

論文Ａ「降水に含まれる無機成分の化学的特徴」

文献
1)　大喜多敏一、公害と対策、20、75（1984）
2)　玉置元則、小山功、大気汚染学会誌、26、1（1991）
3)　玉置元則他、日本化学会誌、1991、667
4)　山形地方気象台、山形県気象月報、1990年5月〜12月、1991年1月〜2月
5)　日本海洋学会編、海洋観測指針、p.145（1990）
6)　山形県環境保健部、山形県環境白書、p.18（1989）
7)　志田惇一、小沢正宜、山形大学紀要（工学）、21、83（1991）
8)　文部省国際学術研究平井班、平成2年度文部省科学研究費研究報告書、No.2、p.27
　　（1991）

論文Ｂ「企業内研修にみる文化摩擦」

参考文献
　荒木晶子「外国人企業研修生の日本体験」『異文化間教育』、アカデミア出版会、1989年。
　ウィリアム・G・オオウチ／徳山二郎（訳）『セオリーＺ』、ＣＢＳソニー出版、p.82、
　　1982年
　エドワード・T・ホール／国弘正雄（訳）『摩擦を乗り切る』、文藝春秋、1987年。
　ディーン・Ｃ・バーンランド／西山千・佐野雅子（訳）『日本人の表現構造』、サイマル
　　出版会、1973年、1979年改訂。
　Dean, C.B. *Communicative Styles of Japanese and American.* Wadsworth Publishing
　　Company, 1989.
　Hall, E.T. Beyond Calture, *Anchor Book* ,1977,p.102（岩田廣治・谷泰（訳）『文化を超え
　　て』、TBSブリタニカ、1979年）.

2　注

　本文中に１）、２）…と番号をつけたところについて補足説明をする。理科系の論文では
あまり見られない。

3　謝辞

　論文をまとめるにあたり、助言をもらったり、協力してもらったりした人に対する感
謝を述べたもの。「です、ます」体で書かれることもある。論文Ａの場合例を示す。

　　本研究を進めるにあたり、多大の御助言をいただいた本学部阿部重喜教授、農学部
　　の上木勝司教授に深く感謝いたします。また、資料を提供していただいた山形県公
　　害課、同地方気象台および米沢市役所企画課の方々にも心より感謝いたします。

4　付録、資料

　論文には直接大きな影響は与えないが、参考として載せたほうが読む人にわかりやすい
と思われるとき、つけるもの。調査（アンケート）用紙そのもの、コンピュータープログ
ラムなどがその例である。

第14課　　　論文を読む⑤　総合練習

読む前に

1. 「音痴」という言葉を知っていますか。歌を歌うとき、メロディ（melody）がうまく歌えない人のことを言います。この意味から、機械がうまく使えない人を「機械音痴」、味に対する感じ方が鈍い人を「味音痴」といったように、何かをする感覚が鈍い人を「～音痴」といいます。では、「方向音痴」とはどんな人を指すと思いますか。

2. 方向音痴にならないためには、どうすればよいでしょう。

本　文

　次の文章は、「方向音痴」について書かれた論文である。どのような調査研究を行い、その結果、道に迷わないようにするためにはどうすればよいとわかったのか。

　（この文章は、新垣紀子（1998）「なぜ人は道に迷うのか？：一度訪れた目的地に再度訪れる場面での認知プロセスの特徴」『認知科学』vol.5，No.4より構成したものである。）

	【語　句】
なぜ人は道に迷うのか？：一度訪れた目的地に再度訪れる場面での認知プロセスの特徴	
	認知：cognitive
新垣　紀子	プロセス：process

1. はじめに

　ある場所から別の場所へ移動すること、すなわちナビゲーション（navigation）は、人間の日常生活において必要不可欠の行為である。しかし、このナビゲーション行為には、個人差がある。初めて出かけた場所でも目的地に間違いなく着ける人もいれば、何度も道に迷ってしまう人もいる。

　後者のような人は、しばしば「方向音痴」であると言われる。しかし、方向音痴がどのようなものか、それがどのような原因によって引き起

必要不可欠：
ないと困る

行為：an act

しばしば：時々

133

こされているのかは、まだ十分に分かっていない（新垣・野島、1998 a）。

　本研究では、「方向音痴」を明らかにする第一歩として、新垣（1995）の「同じ場所に二度繰り返して行った時に、正しく道を指示できない」という方向音痴を示す典型的な基準に従い、被験者を「方向音痴」である人とない人に分類し、それぞれの被験者の差が何かを検討する。

指示する：to indicate

基準：a standard

従う：to obey

被験者：実験される人

2. 方法

　実験は、まず、方向感覚質問紙による自己評価（竹内、1990，1992）を実施した。次に、車での移動場面を撮影したビデオを見せ、3つの課題に取り組んでもらった。ビデオを用いたのは、時間による道路状況の差をなくすためである。また、ルートによる影響を調べるために、商店街が多いルートと住宅街が多いルートとの2つのルートを見せた。被験者は17歳から20歳までの男子8名、女子4名の計12名である。

差：違い

課題：task

ルート：route

商店街：shopping district

住宅街：residential district

2.1　課題

　課題は、以下の3つから構成される。実験は課題1、課題2、課題3の順に行った。

課題1　ビデオ観察

　被験者はビデオを見ながら、何を考えているのかをできるだけ話す。この発話にもとづいて、被験者が着目している情報を分析する。

構成する：to consist of.to compose

課題2　ルート説明／地図作成

　被験者はビデオを見たあと、「ルートを知らない人が行けるように」という基準でルートの説明を行う。その後、地図を作成する。

課題3　ナビゲーション

　地図作成後、被験者は再度同じルートのビデオを見ながら、車の進む方向を指示する。被験者はビデオの画面から、車の曲がる向きが推測される前に、曲がるべき交差点と曲がる向きを指示しなければならない。このとき、ビデオ観察課題のときと同様、考えていることをできるだけ話す。

同様：同じように

3　結果および考察

　本稿では、2種類のルートの全交差点に対して、ナビゲーション課題でどれだけの交差点を正しく誘導できたかを、被験者が方向音痴で

誘導する：to guide

あるかどうかの指標とする。これにより、被験者を方向音痴である人と、方向音痴でない人に分け、それぞれの差がどこから来るのかを示す。

指標：an index

3.1　全被験者のナビゲーション課題の成績と方向感覚自己評価

ナビゲーション課題の正解率は、最高0.89、最低0.33であった。すなわち、今回の実験ルートは完全にナビゲーションができるほどやさしいものではないが、ナビゲーションができる人とできない人が分かれるような課題であったことがわかる。

方向感覚質問紙による自己評価とナビゲーション課題の成績を比較した。その結果、「方位や回転」に関しては有意な相関は見られなかったが、「目印などの記憶と弁別」に関しては、0.53の正の相関の傾向が見られた。（p＜0.10）

相関：correlation
目印：a landmark
記憶：memory
弁別：distinction

3.2　方向音痴の人と方向音痴でない人の特徴

方向音痴の人と方向音痴でない人とでは、獲得したルートマップの質やナビゲーション場面での行動がどのように違うかを調べるために、まず、ナビゲーション課題において成績がよかった人とよくなかった人に分けた。そして、成績上位者（方向音痴でない人）4名を上位群、成績下位者（方向音痴の人）4名を下位群とした。

獲得する：to get
群：a group

3.2.1　着目情報の分類結果

表1　ルート上で注目している情報の分類

landmark	object	特定の建造物，店の看板など
	shape	道路の形状に関すること： 道路の太さ，Ｔ字路，カーブなど
	その他	商店街，住宅街，場所の雰囲気など
orientation	移動方向に関すること：右折，左折など	
others	次回訪れたときには変わってしまう情報など	

ビデオ観察中の発話から被験者がビデオ上で着目している項目の分類を行った。その結果、表1に示すように、被験者の発話内容は、場所を特定するために利用している情報（landmark、以後ランドマークとする）と、移動方向に関する情報（orientation）、その他、次に訪れた時には変わってしまう情報など（others）に大きく分類できた。ランドマークには、特定の建造物、店の看板など（object）と、道路や交差点の形状に関するもの（shape）、広い範囲を表すもの、「駅前通りの

項目：an item

建造物：建物や橋
看板：a signboard
形状：形

135

雰囲気」などのような場所の雰囲気を示すものなどがあった。

3.2.2　被験者の獲得した情報

　被験者がルートからどのような情報を獲得したのかを調べるために、被験者が説明／地図作成課題で再生したランドマークの種類と数を調査した。説明／地図作成課題で、上位群、下位群の獲得したランドマーク数と正解率を図1に示す。

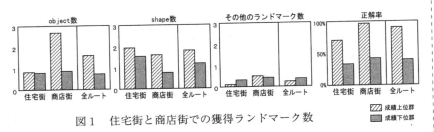

図1　住宅街と商店街での獲得ランドマーク数

　ルートの中で特徴的な区間である、商店街と住宅街区間で再生されたランドマーク数に着目すると、商店街では、成績上位者はshape、objectともに下位群より多く獲得し、特にobjectでは下位群の3倍も多く獲得している。しかも、その情報はほとんどが交差点を特定する情報であった。一方、住宅街では一区間あたりの獲得ランドマーク数は、上位群、下位群とも同程度であるにもかかわらず、正解率には差が見られる。

　そこで、その理由を分析すると、下位群には以下のような傾向があった。

・獲得されたランドマークが交差点のない場所に集中している。

・説明／地図作成課題で交差点を特定するランドマークが別の交差点と混乱している。

・曲がり方のみ記憶していて、交差点を特定するランドマークがない。
　これに対し、上位群の場合はほとんどが交差点を特定する情報になっている傾向が観察された。上位群は移動に必要な情報を的確に獲得できている可能性がある。

3.3　移動に関係する情報への着目と方向音痴との関係

　上位群が適切なランドマークを多く獲得できる一つの可能性として、上位群の人はナビゲーションに必要な情報に、より的確に着目している可能性が考えられる。これについては、ビデオ観察中の発話にどれ

雰囲気：
atmosphere

再生する：to recall
（心理学用語）前に経験したことを思い出し、それを絵や言葉で表現すること。

正解率：rate of
correct answer

記憶する：to
memorize

的確に：
accurately

可能性：
possibility

だけ移動に関係する情報（表1のlandmarkとorientation）が含まれているかを調査した。その結果、上位群は、発話のほぼ80％が移動情報に関するものであった。これに対して、下位群は64％の着目率であった。すなわち、方向音痴でない人は、最初にビデオを観察したときから、よりナビゲーションに必要な情報に着目している傾向がある。

3.4　環境とのインタラクション（interaction）

方向音痴である人は、ルートマップの情報量そのものが少ないということがわかったが、それは単にビデオで与えられた情報を思い出せないという記憶の問題ではなく、環境とのあり方にも問題があると考えられる。

そこで、ここでは、情報獲得、獲得した情報の利用、各場面でどのようなインタラクションが行われているか、さらに分析を進める。

3.4.1　情報獲得時における環境とのインタラクション

方向音痴の人のビデオ観察中の発話を分析すると、静的な環境に対してではなく、人や他の車への言及が多く見られた。典型的な例を表2に示す。

表2から、方向音痴である人が車の動き、歩行者についてより多く語っているのに対して、方向音痴でない人は建物、交通標識、道路の形状に多く言及していることがわかる。このように方向音痴でない人

～への言及：
　～に関する話

表2　ルートのスタートから最初の交差点までの間で被験者が発話した例

方向音痴でない人	方向音痴の人
家が	スミヤは知らない（店舗名）
あ、スリーエフ、スリーエフ（店舗名）	前に車が止まっている
はぁ、並木があって、	これは真ん中の線をまたいでいない
マンション	のかな
あ、ゴトウか（店舗名）	左に曲がるんでしょうか、真っ直ぐ
あと速度落とせ（交通情報に関する電光掲示板）	反対車線が混んでいます
	50キロ、50キロ制限（交通標識）
あ、で右カーブして	
うどん？うどん屋か、	あ、黄色になったなあ、赤、黄色に見える（信号）
で、直進、直進して	
信号	歩行者はいない様子
何かある、あ、T字路か	お天気が悪い感じがする
で、直進	自転車の人は渡らなかった
不二家か	あ、表示板見忘れた

はより静的な環境情報からの情報を得ていると考えることができる。

3.4.2　獲得した情報の利用場面における環境とのインタラクション

　課題2で誤っているにも関わらず、課題3で正解した交差点について調査した。上位群には、ナビゲーション課題である場面を再認することにより、説明／地図作成課題での誤りに気づく例が観察された。上位群は、ナビゲーションを行いながら、外界からの情報を獲得することにより、自分の誤った認知地図を柔軟に修正していることがわかる。

3.4.3　さまざまなインタラクション

　ここでは、発話から推測されるインタラクションの例を検討する。分析すると、カーブなどによって見えにくい交差点、横道が見えないときの判断に他の車の動きなどから環境の情報を読み取るような下のような例が見られた。

例)・左から出る道路があるようです。（車が横道から出てくる）

　　・今、軽自動車が曲がりましたね。その1つめを左（カーブ）

上位群の3名が車の動きをもとに、交差点の存在に言及した。すなわち、上位群はこのようなインタラクションを下位群より多く行っていることが推察される。

　以上のように、人は環境の中の様々な情報を手がかりとしてナビゲーションを遂行していることがわかった。自由に移動できるときには、今回得られないような、自分の能動的な行動による環境とのインタラクションを行っている可能性がある。

4　まとめ

　本研究では、方向音痴の行動の特徴を明らかにする第一歩として、「同じ場所に二度繰り返して行ったときに、正しく道を指示できない」という一つの基準に基づいて被験者を分類し、被験者の差を調べた。その結果、方向音痴と判定された人は、外界の環境を認識する段階において、移動に役立つ情報に注意が向いていないこと、住宅地では、獲得した知識が認知地図を構成するのに役立っていない場合があること、および獲得した知識をナビゲーション場面でうまく利用できないことなどの環境とのインタラクションに問題があることを明らかにし

誤る：間違う

再認する：
to recognize（心理学用語）前に経験したことを後で経験した時に、それが同じものだとわかること。

柔軟に：flexibly

修正する：直す

手がかり：a clue

遂行する：行う

能動的：active

判定する：
to decide

た。逆に、方向音痴でない人は、車の動きなどから環境情報を読み取ったり、環境から得られる情報に合わせて自分の誤っている認知地図を直したり、状況に応じて環境との適切なインタラクションを行っていることが観察された。

　今回の調査では、実験者の指示が被験者の行動に影響を与えた可能性もあるので、次回はより自然な場面でのナビゲーションの観察を行っていきたい。さらに、今後は、性格特性、性差などとも関わる社会的側面との関係を研究し、方向音痴という現象を明らかにしていきたい。

謝辞

　本研究を進める機会をあたえてくださったNTT基礎研究所情報科学研究部石井健一郎部長、本研究を進めるにあたり、貴重な議論をしてくださった斉藤康己グループリーダー、野島久雄主幹研究員に感謝いたします。

貴重な：
valuable

感謝する：
to thank

～済み：already
done

注記

このデータの一部分はMERA97（Shingaki，1997）で発表済みである。

文献

新垣紀子(1995)、方向音痴とは何か、『日本認知科学会第10回発表論文集』、160-161、　日本認知科学会。

新垣紀子・野島久雄（1998）、「方向音痴」の社会的意味、『日本認知科学会第15回発表論文集』、319-321、日本認知科学会。

竹内謙彰(1990)、「方向感覚質問紙」作成の試み(1)－質問項目の収集および因子分析結果の検討－『愛知教育大学研究報告』、39、127-140。

竹内謙彰(1990)、　方向感覚と方位評定、人格特性および知的能力との関連.『教育心理学研究』、40（1）、47-53。

内容理解

1.　a～oに適当な言葉を入れ、実験についてまとめなさい。結果および考察については、

方向音痴ではない、成績上位者についてまとめなさい。

◇実験方法

（a.　　　）	男女12名
材　料	住宅地のルートと　（b.　　　　　　）のルートをビデオに撮ったもの
手　順	⑴方向感覚について自己評価
	⑵ビデオを見せて、課題1から3の順に、課題をしてもらう。
	課題1　ビデオ観察：ビデオを見ながら、（c.　　　　　　　　）。
	課題2　説明／地図作成：（d.　　　　）を説明する。その後、地図をかく。
	課題3　ナビゲーション：再度ビデオを見ながら車の進む方向を指示する。

◇結果および考察

	方向音痴でない人（成績上位者）
課題2における ランドマーク数 （商店街ルートの場合）	方向音痴の人（成績下位者）より多い情報 objectの情報は下位群の（e.　　　　）倍 特徴：情報のほとんどが（f.　　　　　）を特定するもの
課題2における ランドマーク数 （住宅街ルートの場合）	方向音痴の人（成績下位者）と（g.　　　　　　　）だが、 正解率には差がある。 考察⇒上位者は移動に必要な情報を（h.　　　　　）に獲得
ルート提示中の発話に 含まれている移動情報	発話の（i.　　　　　　）％　　（成績下位者は64％） 考察⇒（j.　　　　）に必要な情報により着目
環境とのインタラクション	（k.　　　　）的な環境情報について多く述べている。 　例　建物、交通標識、道路の（l.　　　　　　）
獲得した情報の利用	課題2では誤ったが、課題3では正解している場合： 　ナビゲーションをしているうちに、課題2の説明／地図作成の 　誤りに気づく 考察⇒ナビゲーションを行いながら、（m.　　　　　）からの 　　　情報を獲得し、自分の誤った地図を（n.　　　　　）
その他のインタラクション	（o.　　　　）の動きをもとに、交差点の存在を指摘 考察⇒上位者はこのようなインタラクションを下位者より多く行っ 　　　ている。

2.　今回の実験から得られた、道に迷わないようにするためのポイントを簡単にまとめよ。

【重要語句索引】

　各課本文の【語句】のうち、**太字**の重要語句について初出箇所をとりあげ、あいうえお順に並べた。数字の見方は次の通りである。

例　1-2：第1課の文番号2　　　12A-1：第12課論文Aの文番号1

　　14課については、ハイフン（-）右側の数字は章・節を指す。　14-3.2：第14課3章2節

143

【出典一覧】

第1課　異文化適応：磯貝友子他（1998）『異文化トレーニング』三修社

第2課　いじめ：法務省人権擁護局内人権実務研究会（1994）『「いじめ」Q&A-子どもの人権を守ろう』ぎょうせい

第3課　衝動買いを誘導する：日本経済新聞社編（1989）『Q＆Aマーケティング100の常識』日本経済新聞社

第4課　ビデオカメラの人間工学：勝浦哲夫（1990）「ビデオカメラの人間工学」『人間工学』Vol.26, No.6, p.303-p.306, 日本人間工学会

第5課　多様化の中のテレビ：書き下ろし　本文中引用文献として　上村修一他（2000.8）「日本人とテレビ・2000」『放送研究と調査』p.2-p.33　NHK放送文化研究所

第6課　フリーター：書き下ろし　参考文献として　1. 朝日新聞「ウィークエンド経済」1999.11.7　2. 労働省『労働白書平成12年度版』

第7課　安全でおいしい水を飲むために：本研究会メンバー山田一裕による原文を一部書き換え

第8課　「まじめ」という言葉：書き下ろし　本文中引用文献として　1. 大野晋他編（1995）『角川必携国語辞典』　2. 千石保（1991）『「まじめ」の崩壊』サイマル出版　3. 米川明彦（1996）『現代若者ことば考』丸善ライブラリー

第9課　がん告知：林知己夫（1996）「がん告知」『日本の論点'97』文藝春秋

第10課～第13課　論文を読む①～④：

　　　論文A降水の化学的特徴：志田惇一他（1992）「降水に含まれる無機成分の化学的特徴」『山形大学紀要（工学）』Vol.22, No.1, p.27-p.32 山形大学

　　　論文B 研修での文化摩擦：荒木晶子（1991）「企業内研修にみる文化摩擦」『異文化へのストラテジー』p.39-p.50 川島書店

第14課　論文を読む⑤　総合練習：新垣紀子（1998）「なぜ人は道に迷うのか：一度訪れた目的地に再度訪れる場面での認知プロセスの特徴」『認知科学』Vol.5, No.4, p.108-p.121 日本認知科学会

　著者の方々には、日本語学習のための教材という趣旨をご理解いただき、本文の書き換えなどの無理なお願いにも快く応じていただきました。心より御礼申し上げます。また、本教材をまとめるにあたり、多くの方々のご協力・ご助言をいただきました。深く感謝申し上げます。

解 答 と 解 説

【 解 答 】

第1部　基本編

第1課　異文化適応

構　　　　造　：【問い】a. 10　b. 14　c. 17　d. 20　e. 22

内 容 理 解 ：1. a. 第2段階　b. 第3段階　c. 第1段階　d. 第5段階　e. 第4段階

2.

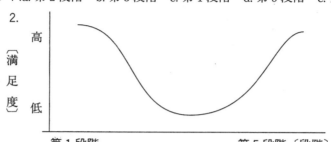

第1段階　　　　　　　　　　　　　　第5段階〔段階〕
来たばかりのとき

※グラフの高低の程度はだいたいでかまわない。U字であれば可。

3. 略

言葉の練習 ：1. (1)選ぶ　　(2)後ろに下がる　(3)苦しみや痛み　　(4)違うところ

2. (1)生じる　(2)とらえられ　(3)与える／与えている　(4)とる

3. (1) a, c　　(2) c

第2課　いじめ

構　　　　造　：I段落　話題（昔のいじめ）　　　　　VI段落　話題（いじめ方）

　　　　　　　　III段落　メインアイデア　a　　　　　V段落　メインアイデア　b

内 容 理 解 ：1. (1) a, b, c, dすべて　　　　(2) b　　　(3) a, c, d

2. ①c　　　②b　　　③d　　　④a

3. (1), (2), (4), (5)に○

言葉の練習 ：1. (1)対象　　　(2)現象　　　(3)背景　　　(4)特徴

2. (1) a, c　　　(2) a, b　　　(3) c

第3課　衝動買いを誘導する

構　　　　造　：I B - 2　　　ウインドーショッピングするつもりで専門店街を歩いている間に、

　　　　　　　　　　　　　　　突然買ってしまう

　　　　　　　II C - 2　　　消耗品で有力ブランドの新製品

　　　　　　　III　　　　　　ハイ・トラフィック

　　　　　　　III - C　　　　計画的に商品を選び出し、意図的に陳列する

　　　　　　　IV - B　　　　タイミング

　　　　　　　IV B - 1 - c　テレビCMも月末集中型にする

内 容 理 解　：　1.(4)、(5)に○

　　　　　　　　2.①a, c　　　②b　　　③e　　　④d

　　　　　　　　3.(1)ア、エ　　　(2)ア、ウ　　　(3)ア、イ、ウ

言葉の練習　：　1.(1)条件　(2)要因　(3)常に　(4)通常　(5)推測する　(6)欠かせない

　　　　　　　　2.(1)店内で最も客の通行量の多い場所

　　　　　　　　　(2)電気モーターとガソリンエンジンを組み合わせた車

第4課　ビデオカメラの人間工学

構　　　　造　：　【問い】a. Ⅰ　　b. Ⅰ　　c. Ⅱ　　d. Ⅲ　　e. Ⅵ　　f. Ⅳ　　g. Ⅶ　　h. Ⅴ

　　　　　　　　i. Ⅷ　　j. Ⅸ　　k. Ⅸ

内 容 理 解　：　1.(1)筋電図　　　　　①の筋負担（ア）　　　　　②の筋負担（イ）

　　　　　　　　(2)カメラ振れ　　　垂直方向の振動量（イ）　　水平方向の振動量（ア）

　　　　　　　　(3)追随性　　　　　縦ずれ量（イ）　　　　　　横ずれ量（ア）

　　　　　　　　2.（順に）理由1　①内側、ひじ　②前腕　　　理由2　体の中心

言葉の練習　：　1.(1)優れている　　(2)検討する　　　(3)いわゆる　　(4)極めて

　　　　　　　　2. 漢字をもとに推測できれば可。

　　　　　　　　　　(1)表面筋電図：例）筋肉の運動に伴って起こる電位変化を、ひふの表面で

　　　　　　　　　　　　　　　　　　　測定し、図に表したもの

　　　　　　　　　　(2)活動電位　：例）筋肉が動くときに発生する電位

　　　　　　　　3.(1) a, b　　　(2) b, c

第5課　多様化の中のテレビ

構　　　　造　：　【問い】1.話題背景：段落（Ⅰ）a.情報獲得

　　　　　　　　2.問題提起：段落（Ⅱ）b.どのような存在か

　　　　　　　　3.論拠：段落（Ⅲ～Ⅶ）c.重要度　d.目的別の使い分け／目的による使い分け

　　　　　　　　4.結論：段落（Ⅷ）e.生活に密着している／よく見られている

内 容 理 解　：　1.(1) a　　(2) b　　(3) b　　(4) a

　　　　　　　　2.（意味が合っていれば可）　　a.大きい／重要である　　b.高齢者層

　　　　　　　　c.依存度／意識　　d.低くなっ／なくなっ

読むための文法：《練習》

　　　　(1)半世紀の歴史を迎える テレビ は、

　　　　高年齢層の人々には、{最も手軽に社会で起こった 情報 が得られるという 点 や、話し相手の代わりになるという 点 } で

　　　　非常に役立っている。

　　　　(2)メディアの多様化により、

　　　　これまでのような不可欠な存在であるという 意識 は、今後あまり期待できなくなるの

<u>ではないかという</u>[一面]も　見受けられる。

第6課　フリーター
構　　　　造：【問い】a.7 〜 11　　　b.12 〜 16　　　c.17 〜 18　　　d.19　　　e.20 〜 23
　　　　　　　　　f.24 〜 26　　　g.27 〜 30　　　h.31
内 容 理 解：1.b, c に○
　　　　　　　2.(1) c, g　　　(2) b, d, e　　　(3) a, f
言葉の練習：1.(1) b　　　(2) a　　　(3) c　　　(4) b
　　　　　　　2.(1) a　　　(3) b　　　(4) d　　　(5) f　　　(6) e

第7課　安全でおいしい水を飲むために
構　　　　造：【問い】Ⅱウ　　　Ⅲオ　　　Ⅳエ　　　Ⅴカ　　　Ⅵイ
内 容 理 解：a. 生活排水　　　b. 閉鎖的　　　c. 水質　　　d. 強制力
言葉の練習：(1) a, b　　　(2) a, b　　　(3) a　　　(4) c

第8課　「まじめ」という言葉
構　　　　造：【問い】a. 辞書の定義　　　b. 千石の分析　　　c. 米川の分析　　　d. 2つの変容
　　　　　　　　　e. プラスの評価　　　f. マイナス評価　　　g. (意識調査に) 明らかな変化
　　　　　　　　　h. 否定的な要素が加わったのだろう　　　i.「ノリ」　　　j.「ノリ」
内 容 理 解：1.a. 低成長期　　　b. まじめに努力し、勤勉に目的に向かって働いていた。
　　　　　　　c. まじめ　　　d. ホンネ　　　e. 特徴
　　　　　　　2.b, c に○
読むための文法：《練習》1.(1) b　　　(2) d　　　(3) a　　　2.(1) b　　　(2) c　　　(3) a
言葉の練習：1.(1)従え　　　(2)迎えた　　　(3)挙げ　　　(4)反映して
　　　　　　　2.(1) a, c　　　(2) c　　　(3) c　　　(4) a, b

第9課　がん告知
構　　　　造：【問い1】
　　　　　　　Ⅱ筆者の考え　例）がん告知は患者の心身の快適さを基本に考えるのがよい。
　　　　　　　Ⅲ調査結果（1）例）家族に対しては「どんな時でも告知を」という意見は少ない。
　　　　　　　Ⅶまとめ　　例）人は多様な意見を持っているので、一面的な考え方で告知の
　　　　　　　　　　　　　　　　問題をとらえるのはよくない。柔軟な対応が必要である。

　　　　　　　【問い2】内容があっていれば可
　　　　　　　《要約例1》
　　　　　　　a. よい考えのように見えるが実際的ではない／告知のいい面ばかりが強調されている
　　　　　　　b. 患者の「心身の快適さ」という観点からとらえる／柔軟に対応する

《要約例2》

　　　a. 告知に対する態度に違いがある

　　　b. 約半数が告知を希望する

　　　c. この割合が20%弱に落ち込んでいる

　　　d. がん告知を肯定する心理には複雑に本音と建て前がいりまじっている

内 容 理 解 ： 1. がん告知に対する態度：　慎重派に○

　　　　　その理由　例）告知は患者の心身の快適さをまず考えるべき、多様な考え方が
　　　　　　　　　　　あるので一概に告知がいいとは言えない。

　　　2.　b に○

言葉の練習 ： 1. 意味内容が合っていれば可

　　　　(1)例）傾向が強い　(2)例）自殺など悲しい結果を生んでしまうかもしれない。

　　　　(3)例）基本に／もとに　考える

　　　2.(1) a. 可能性　　b. 是非　　　　c. 条件　　　　d. 現実

　　　　(2) a. 伝統的な　b. 合理的な　　c. 精神的な　d. 近代的な

第Ⅱ部　実践編

第10課　論文を読む①　全体構成、序論

論文A　内容理解：(1)ウ　　　(2)ア

論文B　内容理解：(1)ア　　　(2)イ　　　(3)ア

構　　　　造　：《練習》(1)研究テーマ：例）心理面から見た未成年者の喫煙

　　　　　　　　　　　　論の展開：研究テーマ →課題 →先行研究の成果と問題点 →研究行動

　　　　　　　　　　(2)研究テーマ：自動車産業における効率的な製品開発

　　　　　　　　　　　　論の展開：研究テーマ →目的 →論文全体の構成

言葉の練習　：(1) ①　　　(2) ③

第11課　論文を読む②　本論その1

論文A　内容理解：a.1990　　b.1991　　c.ビーカー　　d.ビニールシート　　e.とかす　　f.保存

論文B　内容理解：(順に) 研修、アンケート、62

言葉の練習　： 1.(1)において　　　(2)により／によって／を用いて　　　(3)より

　　　　　　2.(1)観測／地点　　　(2)判断／可能　　　(3)研究棟／屋上　　　(4)大型／発生源

　　　　　　(5)大手／証券／会社　(6)毎回／研修／終了後

第12課　論文を読む③　本論その2

論文A　内容理解：1. (2) , (3)に○

　　　　　　　　2.a. 周期的　b. 低い　c.20 〜 26　d. 高い　e. 強風　f. 局地的

　　　　　　　　3.(1) , (3)に○

論文B　内容理解：1.(1) (順に) d → b → c　(2)a. 帰属　　b. 団体／集団　　c. 共同体型

149

2. (1) d → c → b

　　(2)（順に）① 無意識的、行動、見えにくい　② 日本、海外新入社員

3. 内容があっていれば可

　　例）相手との文化的なギャップを認めることがまず必要である。そして、
　　どんなギャップがあるのかをよく見て、自国の価値観にとらわれず、相手
　　の文化コンテクストも考え、全体的にものごとを見ることが大切である。

構　　　造 :【問い】結果　文33…を表2に示す。　文36…ことがわかる。

　　　　　　　考察　文39 これは…と考えられる。

言葉の練習 : 1.(1)簡単な　(2)だいたいのこと　(3)似ている　(4)結果が違う

　　　　　　　2.(1) c　　(2) b　　(3) a　　(4) d

第13課　論文を読む④　結論部分

論文A　内容理解 :(1) , (4)に○

論文B　内容理解 :（順に）企業研修、認識ギャップ、言葉

構　　　造 :《練習》a.以上、…考察を進めてきた。　その結果、…が明らかになった。

　　　　　　　　　　　…を今後の課題としたい。

　　　　　　　b.本報では、…を行った。　その結果、以下の結論が得られた。

　　　　　　　　　　　…ことがわかった。　　　…ことが明らかになった。

　　　　　　　　　　　…が今後の早急な課題である。

言葉の練習 :(1) c　　(2) b　　(3) a　　(4) a

第14課　論文を読む⑤　総合練習

内 容 理 解 : 1. a.被験者　　b.商店街　　c.考えていることを話す　　d.ルート　　e.3

　　　　　　　f.交差点　　g.同程度　　h.的確　　i.80　　j.ナビゲーション　　k.静

　　　　　　　l.形状　　m.外界　　n.修正　　o.他の車

　　　　　　2. 交差点に着目する、建物や道路標識などの静的な環境情報をうまくつかむ、車
　　　　　　の動きなどから環境に関する情報を読み取るなど

【各課の解説】

第Ⅰ部　基本編

第1課　異文化適応

・構造　一字一句ていねいに読むのではなく、段落ごとに中心文をおさえていくことで全体像を
おおまかに把握する読み方があることを理解させます。

・内容理解　1.各段階の説明を読み、Aさんの言葉に投影させます。

・言葉の練習　3 □□□□ は未知語（未習語）の部分として考えることができます。知らない言
葉があったとき、どのように対処していけばよいかを数回にわたり練習していきます。ここで
は「～は…が、～は…である」という対比の表現から、□□□ にくるべき言葉を考えます。

第2課　いじめ

・構造　第1課で学んだ「中心文」を手がかりにし、何についての話か、この段落で何が言いたいのかという点からまとめ直します。

・内容理解　1.従来見られる問題のように、1つの問題に対し正しい答えは1つという形ではありません。1つだけ選んでよしとしないよう、注意させてください。

・言葉の練習　2.「～という／～といった」の内容が何を表しているのかに注目します。

第3課　衝動買いを誘導する

・読むための文法　複文の構造分析です。意外に分析ができていない場合も多いので、基本的なレベルでの確認をしてください。第5課でより複雑なものを扱います。

・言葉の練習　2　同格の関係に注目します。

第4課　ビデオカメラの人間工学

　10課以降の論文読解の下地作りとして作成しましたが、やや専門的な内容に難しさを感じるかもしれません。用語に惑わされず、基本構成の把握を第一の目標にご指導ください。

・内容理解　1.それぞれの実験結果に関するデータ説明部分を読み、頭に描いたイメージに合う図を探します。　追随性の図は、判別が難しいかもしれません。「Cタイプで小さく、A, Bタイプで大きい」と「概してCタイプ」の表現に注目させてください。自分ならどう表現するかを考えさせてもよいと思います。2.結論の根拠を示している箇所を探して入れます。

・言葉の練習　ここでは「実験」、「示す」、「～ことがわかった」「～の検討も…」等という言葉をヒントに常識や共起する言葉から考えます。

第5課　多様化の中のテレビ

・構造　論説文に必要な4つの要素を示し、その展開を提示しました。論文の基本的なパターンをつかみます。

・内容理解　2.本文から該当部分を探し、要約した文章に合うような言葉を考え、入れます。

・読むための文法　ここでは第3課を発展させた形で、文の構造分析について学びます。複雑度が増しても、文章の骨組みをきちんと把握できるよう、ご指導ください。

第6課　フリーター

・構造　「データ」は、ここでは「筆者の考え」と対比した意味でとらえています。つまり、「筆者の考えではない部分」と考えてもらうと、うまくいくと思います。

第7課　安全でおいしい水を飲むために

　学習者によっては問題意識が低い場合があります。必要に応じ、日本の現状について、情報をご提供ください。また、日本の下水の仕組みについてもおおまかに確認してください。

・構造　筆者の主張が序論の後に置かれる場合を扱います。論文ではあまり見られませんが、意見や主張を明確に述べる論説文では時折見られるためとりあげました。

・言葉の練習　下線の言葉が何を言いたいために提示された表現かを考え、選びます。

第8課　「まじめ」という言葉

・読むための文法　接続詞を予測のための手段として用います。接続詞を使っての文作成が目的ではなく、予測のために接続詞が示す機能を正確に把握するのが目的です。

第9課　がん告知

　がん告知の話です。学習者によっては辛い話題となるかもしれませんが、自分の意見をしっかり持っている人が多いようです。本文に書いてある意見を各自の考えと照らし合わせながら読むとよいでしょう。告知賛成派の人には批判読みとなります。

- 構造　要約文作成は作文技術に深く関わることですが、その際にも、まずは的確に内容を読み取ることが肝心です。段落ごとの要約から全体要約へと練習を進めます。

第Ⅱ部　実践編

　10〜13課までは、論文を序論、結論に分け、よく使われる表現、書かれている項目、展開のしかたなどについて学びます。本論数値データを用いた、実験型の論文と、論を中心にまとめた論文とを2つ並べてあります。論文のタイプについては、これ以外の論の進め方をとるものもありますが、代表的と思われる2タイプをとりあげました。必要に応じて、取捨選択してください。

　専門用語は可能な限り、学習者にわかりやすい表現に変えてありますが、それでも読みにくさを感じるところがあるかもしれません。専門的な言葉にとらわれすぎないよう、ご指導下さい。論文の各構成部分で書かれている項目は何か、日本語ではどのような表現を用いるのかを知り、大筋の内容が的確につかめることが目標です。

　14課は、これまで学んだことを生かしながら読む、力試しの課として設けました。

第10課

　酸性雨と日本での企業研修について、問題意識を持ったという前提で、話を進めています。ここでは、全体の構成と序論部分について学びます。

第11課

　研究方法についての課です。ページ数が少ないので、前後の課と合わせて授業を行うことも可能です。

第12課

- 本文　この課は本論の考察部分にあたるため、他の課よりかなり量が多くなっています。読んでから、「内容理解」の問題を解くのではなく、内容理解の問題をタスクとし、必要な情報を得るために読むというように授業を進めていくのも一案です。

第13課

　論文Aは理科系の論文に多く見られる、判明したことを箇条書きで述べるタイプです。

　結論部分の他に、その他の構成要素として、参考文献・謝辞などについても触れます。分野により多少の違いがありますので、学習者に合わせ、ご指導ください。

第14課

　総まとめの課です。これまで学んだことを使い、できれば一人で最後まで読み通すことを目標にします。なお、ここで用いられている「方向音痴」という言葉は、差別的な意味で用いられているのではないことをお断りしておきます。

「大学・大学院 留学生の日本語 ③ 論文読解編」

アカデミック・ジャパニーズ研究会 編著

Japanese for International College/Graduate Students: Writing Essays

Copyright © 2002 Academic Japanese Society. All rights reserved.

Original Japanese edition published by ALC Press, Inc.

This Complex Chinese edition is published by arrangement with ALC Press, Inc., Tokyo

Through Tuttle-Mori Agency, Inc., Tokyo

論文讀解學日語

2004 年（民 93）10 月 1 日 第 1 版 第 1 刷 發行

定價 新台幣：280 元整

編 著 者	アカデミック・ジャパニーズ研究会
授　　權	株式会社 アルク
發 行 人	林　　寶
發 行 所	大新書局
地　　址	台北市大安區 (106) 瑞安街 256 巷 16 號
電　　話	(02)2707-3232・2707-3838・2755-2468
傳　　真	(02)2701-1633・郵政劃撥：00173901
登 記 證	行政院新聞局局版台業字第 0869 號

香港地區	三聯書店（香港）有限公司
地　　址	香港新界大埔汀麗路 36 號 中華商務印刷大廈 3 樓
電　　話	(852)2523-0105
傳　　真	(852)2810-4201

「論文讀解學日語」由（日本）株式会社アルク 授權在台灣、香港、澳門地區印行銷售。

任何盜印版本，即屬違法。版權所有，翻印必究。 ISBN 986-7918-70-3 (B269)